KB115586

당신이 사랑했던 것들이
너무나도 많다

당신이 사랑했던 것들이 너무나도 많다

발행일	2017년 3월 20일

지은이	김 한 중		
펴낸이	손 형 국		
펴낸곳	(주)북랩		
편집인	선일영	편집	이종무, 권유선, 송재병, 최예은
디자인	이현수, 이정아, 김민하, 한수희	제작	박기성, 황동현, 구성우
마케팅	김회란, 박진관		
출판등록	2004. 12. 1(제2012-000051호)		
주소	서울시 금천구 가산디지털 1로 168, 우림라이온스밸리 B동 B113, 114호		
홈페이지	www.book.co.kr		
전화번호	(02)2026-5777	팩스	(02)2026-5747

ISBN	979-11-5987-491-8 03810(종이책) 979-11-5987-492-5 05810(전자책)

잘못된 책은 구입한 곳에서 교환해드립니다.
이 책은 저작권법에 따라 보호받는 저작물이므로 무단 전재와 복제를 금합니다.

이 도서의 국립중앙도서관 출판예정도서목록(CIP)은 서지정보유통지원시스템 홈페이지(http://seoji.nl.go.kr)와
국가자료공동목록시스템(http://www.nl.go.kr/kolisnet)에서 이용하실 수 있습니다.
(CIP제어번호 : CIP2017006669)

(주)북랩 성공출판의 파트너

북랩 홈페이지와 패밀리 사이트에서 다양한 출판 솔루션을 만나 보세요!

홈페이지 book.co.kr
블로그 blog.naver.com/essaybook

1인출판 플랫폼 해피소드 happisode.com
원고모집 book@book.co.kr

당신이
사랑했던 것들이
너무나도 많다

김한중 소설

시한부 아버지가 아들에게 남긴 마지막 선물

북랩 book Lab

목구멍이 간질거려 기침이 나왔다. 날씨가 추워진 탓에 그
런 것이었겠지만, 의사에게서 담낭암 판정을 받은 이후부터
는 조금만 몸에 문제가 생겨도 모두 담낭암 때문인 것처럼
느껴졌다. 오래된 시계방 앞에서 아무것도 사지 않고 시계들
을 한참 동안이나 구경하고 있었더니, 처진 눈매에 고약하게
생긴 늙은 주인이 나를 곱지 않은 시선으로 쳐다보았다. 살
짝 걸쳐지게 씌워진 그의 돋보기는 매력적으로 보이기는커
녕 그를 말 한마디 붙이기 힘든 사람으로 보이게 했다. 나는
계속해서 노려보는 듯한 그의 시선이 부담스러워 헛기침을

한 번 내뱉고는 사람 좋은 목소리로 말했다.

"아들내미 하나 사주려고 했더니만, 찾는 게 없네. 허허."

여전히 곱지 않은 시선으로 나를 보는 노인의 눈치를 살살 살피며 몸을 돌려 발걸음을 옮기려던 순간, 노인이 인상과는 다르게 꽤나 상냥한 목소리로 말했다. 나쁘게 말한다면 내게 물건을 팔기 위해 억지로 내는 목소리 같이 들렸다.

"이런 거, 이런 것들이 젊은 사람들이 많이 끼고 다니지."

뒤를 돌아 노인이 손으로 들어 올린 시계를 보며 나는 단번에 고개를 저었다. 물건을 사지 않기 위해 그런 것은 아니었다. 정말로 아들에게 선물하고 싶지 않은 시계였다. 나는 미안함이 조금 섞인 목소리로 시계방 주인에게 말했다.

"괜찮긴 한데, 우리 아들은 화려한 걸 좋아해서."

내 말에 노인이 무언가 말하려고 했지만, 나는 잽싸게 몸을 돌려 지하상가로 향했다. 상가 안으로 깊이 들어갈수록 따뜻한 공기가 느껴졌다. 걸어가는 나의 뒤통수에 대고 쏘아대는 듯한 노인의 말이 들려왔다.

"지금이 어느 땐데 그런 걸 좋아하나. 으이구, 쯧쯧."

물론 그의 말이 아주 틀린 것은 아니라고 생각한다. 기껏 선물이라고 고민해서 들고 가면, 아들은 언제 적 거냐며 쓴웃음을 지으며 마지못해 고맙다고 받을 때가 종종 있었기 때문이었다. 뭘 사 가든 최고의 선물이라며 좋아했던 핏덩이가 한 가정의 가장이 된 지금도, 나는 그를 어리게 보는 건가 하는 생각이 들었다. 그래도 20살이 되고 난 뒤로는 나름 어른으로 대해 줬는데, 이제 와서 생각해보면 꼭 그런 것만은 아니었던 것 같기도 했다. 복잡한 생각에 정신을 차려 보니, 어느새 나는 지하상가의 끝에 도착해 있었다. 당황스러움을 뒤로 미룬 채 눈앞에 있는 가게를 보며 중얼거리듯 말했다.

"이 가게가 아직도 있네."

　지하상가의 끝에는 작은 레코드 가게가 있었는데, 지금은
음반 CD를 판매하는 작은 매장이 되어 있었다. 하지만 누가
봐도 지긋지긋할 정도로 오래된 인테리어가 주인이 바뀌지
않았음을 말해 주었다. 양반걸음으로 여유롭게 가게로 들어
서니 늙은 주인이 환한 웃음을 지으며 고개를 살짝 숙여 인
사를 건넸다. 시계방 노인과 나이는 비슷해 보였지만, 그와
는 다르게 포근하고, 사람 좋은 웃음을 잔뜩 소유한 노파였
다. 이 가게 주인과 따로 추억을 나눌만한 그런 기억이 있진
않았지만, 나도 어쩔 수 없는 늙은이인지라, 옛날 냄새를 잔
뜩 맡으면 왠지 모르게 평안함 비슷한 감정이 느껴졌다. 늙
은 주인이 고개를 떨궈 읽고 있던 책으로 다시 시선을 옮기
고 나서야, 나는 편안하게 물건들을 구경할 수 있었다. 가게
는 5평 남짓 하는 작은 곳이었는데, 가게 한구석에는 옛날
레코드판이 가지런히 꽂혀 있었다. 부드럽게 레코드판의 날
을 손가락으로 쓸어내리며 그중 하나를 꺼내 들었다. 꺼내
든 레코드판에서 오래된 냄새와 함께 'The Beatles'라는 글

자가 보였다. 어릴 적에는 음악이 나오는 이 검은 판이 얼마나 신기했는지 노래도 안 듣고 돌아가는 레코드판만 마냥 뚫어지게 보고 있었던 기억이 희미하게 떠올랐다. 추억을 더듬듯 계속해서 머리를 굴려보았지만, 딱히 그 외에 별다른 추억거리는 떠오르지 않았다. 지금 이렇게 레코드판을 보며 살아온 인생을 회상할 줄 알았다면, 그때 조금 더 행복하게 살 걸 그랬다. 후회와 함께 인생에 대한 회의감이 빠르게 밀려오자, 나는 겁에 질려 레코드판을 아무렇게나 끼워놓고 도망치듯 가게를 빠져나왔다. 지하상가를 나와 밖으로 올라오자, 차가운 공기에 몸이 으슬으슬 떨려왔다. 나는 파카의 지퍼를 끝까지 올려 잠그고는 발걸음을 재촉해 집으로 향했다. 아직 해가 중천에 있었지만, 병든 늙은이가 있을 곳은 어디에도 없었다. 느린 걸음으로 한참을 걸어가, 오래된 쇳소리가 시끄럽게 울리는 대문을 열고 들어가 방문을 열어보니, 방 안에는 고요함이 자리 잡고 있었다. 잽싸게 도망친 것처럼 싸한 기분이 들었다. 몇 년 전, 아들 식구들을 쫓아내고 이 집에는 계속해서 무거운 공기가 흘렀다. 외롭고, 쓸쓸하고 차가운 공기 말이다. 나는 차마 집 안으로 들어서지 못하고 다시 대문 밖으로 나와 목장으로 향했다. 목장은 집에서도 뒷짐 지고 볼 수 있을 만큼 가까운 곳에 있었다. 사실 처음에는 지인이 준 사슴 몇 마리를 키운 것이었는데, 녹용을 사겠다는 사람이 하도 많아 팔다 보니 어느새 목장이라는 사업이 되어버렸다. 당시 작은 상점을 운영하던 나는 노쇠해지면서 점점 더 일을 나가기 힘들어졌고, 가게를 처분해서 그 돈을 목장에 투자했다. 큰돈을 만질 수 있거나 특별한 의미를 얻을 수 있는 것도 아니었지만, 게으르게 집에 박혀있는 꼴보다는 훨씬 나았다. 때때로 사슴들을 보다 보면 그 눈빛에 황홀함을 느끼기도 했고 말이다. 목장으로 걸어오는 나를 보자, 집안에 들어가 있던 사슴들이 울타리로 달려와 격한 반가움을 나타냈다. 그럴 때면 혹시 애들이 사슴이 아니라 강아지가 아닐까 하는 생각이 들었다.

"그래, 그래. 이 녀석들."

텅 빈 먹이통이 보여서 창고 안에 있는 사료를 잔뜩 들고 와 넣어주니, 배가 고팠던 녀석들이 부리나케 모여들어 먹이통은 금세 다시 바닥을 드러냈다. 먹이통을 비우고 나를 쳐다보는 사슴들의 눈빛이 얼마나 예쁜지, 왜 예쁜 눈을 보고 사슴 같다고들 하는지 알 수 있었다. 나는 사슴들의 애정 공세에 못 이겨, 창고 안에 있던 사료를 한 통 더 들고 와 먹이통에 부어주었다. 그렇게 잠깐 보러 간다는 것이 한 번이 되고, 두 번이 되고, 곧 일이 되어 바쁘게 몸을 움직였다. 정신없이 목장을 관리하다 보니 어느새 해는 저물었고 차가운 바람에 추위를 느끼지 못할 만큼 몸이 얼어 있었다. 그제야 나는 집으로 발걸음을 옮겼고, 내가 들어가자 방안의 적막함이 깨졌다. 집에 들어오자마자 곧장 저녁 끼니를 챙겨 들었다. 어릴 적부터 끼니는 반드시 챙겨야 한다는 어머니의 말씀을 듣고 자라서 식사를 거른 적은 거의 없었다. 김치와 숙주나물이 전부인 밥상을 TV 앞에 둔 채, 자리에 앉아 숟가락으로 밥을 펐다. TV 속 내용들을 이해할 생각은 없었다. 그저 조용한 방에서 유일하게 떠들어줄 TV를 보며 식사를 하는 게 일상이 됐을 뿐이었다. 음식의 맛을 잃어버린 지도 오래였다. 무언가가 맛있다고 느껴본 적이 언젠지 기억조차 나질 않는다. 아들 식구를 내쫓고 난 뒤로 식사의 의미는 그저 끼니를 때우는 것이었기에 반찬이야 어떻든 상관없었다. 그렇게 저녁을 먹고 나서 이부자리까지 깔고 나면 늦은 저녁 즈음에 하루의 모든 일과가 끝이 난다. 지루하고 아니, 지루하다 느끼지도 못할 정도로 늙은이의 하루는 늘 이랬다. 그 전에도 이러했고, 아들 식구들을 내쫓은 뒤로는 더욱 더 그랬다.

- 3년 전 -

그 해는 몸이 유난히 이상했다.

"아니, 아버지. 갑자기 왜 그러시는 거예요?"

"뭐가 말이냐?"

출장에서 돌아온 아들 성주가 다급하게 집으로 찾아와 내게 화를 내며 말했다. 나는 모른다는 식의 대답을 했지만, 사실 그 이유를 모르지 않았다. 아니 모를 수가 없었다.
"갑자기 혼자 사시겠다고 저희 내쫓으셨다면서요."

성주는 언성을 높였다. 평소에는 나를 닮아 차분한 성격의 녀석이 얼굴까지 빨개진 것을 보아 화가 많이도 난 듯했다. 나는 성주가 그러건 말건 신경 쓰지 않고, 망가진 울타리 고치는 일을 계속했다. 한참 그것을 보던 성주가 발소리를 내며 다시 한 번 말했다.

"아버지!"

"아, 뭐! 이놈아. 내가 내 집에서 혼자 살겠다는데, 뭐가 불만이냐. 내가 너네들 걱정한다고 이러는 줄 아냐? 나 혼자 살고 싶어서 그런다, 어?"

듣다 못한 내가 버럭 화를 내며 말했다. 성주는 내 말에 더욱더 얼굴을 붉혔지만, 더 이상 반박하지는 않았다. 그런 아들놈의 얼굴을 보고 있자니 가슴이 쓰려 왔지만, 말을 되돌릴 생각은 추호도 없었다. 나는 다 고쳐진 울타리를 한 번 스윽 쓸어 보고는 공구통을 든 채 한 마디만 남기고 집으로 돌아왔다.

"할 말 없으면 이제 가라."

대문을 들어서면서 살짝 돌아본 그 자리에는 아들 성주가 멍하니 낡은 울타리를 보고 있을 뿐이었다. 나는 문을 닫고 깊은 한숨을 내쉬었다. 흙덩이가 잔뜩 묻은 옷을 벗고 개운

하게 샤워를 하고 나니 기분이 조금은 나아졌지만, 가족들이 없는 방 안의 허전함은 여전히 씻어지지도, 환기되지도 않았다. 나라고 아들하고 따로 살고 싶었겠는가. 죽는 날까지 붙잡고 싶은 게 아들 손이지만, 며칠 전부터 계속되는 잔병치레에 뒤치다꺼리하는 식구들을 그냥 보기가 힘들었다. 이제 정말 죽을 때가 되었는지 몸은 성한 구석이 없고, 병원에서는 이상이 없다고 하는 곳까지 아파 왔다. 약이 제법 많아져 담뱃갑을 무겁게 채울 만큼 늘어났다. 그래서 그렇게 할 수밖에 없었던 것이다. 아내와 이혼하고 혼자라는 외로움을 견뎌낼 수 있었던 것은 사랑하는 아들내미 덕이었지만, 이제 그가 없는 빈자리는 무엇으로 채워야 할지 막막할 뿐이었다. 아니, 어쩌면 내게는 막막할 시간조차도 없을지도 모르는 일이지. 아들 식구들을 내쫓고 며칠간 나는 하늘만 바라보는 바보처럼 허무하게 하루하루를 보냈다. 말을 걸어주는 누군가도 없었고, 말을 걸만한 누군가도 없었다. 목장을 관리하는 일 외에는 그다지 할 일도 없었고, 할 생각도 없었다. 마치 덜떨어진 바보처럼 푸른 하늘만 보았다. 그러다 문득 남은 시간 동안 내가 정리해야 할 일들이 떠올랐다.

바로 다음 날, 나는 이른 아침부터 법무사 사무소로 향했다. 간판이 제법 멋들어지게 걸려있는 사무실 문을 열고 들어가니, 젊은 아가씨가 가볍게 미소를 지으며 인사를 건넸다.

"어서 오세요. 무슨 일로 찾아오셨어요?"

나는 평소에는 짓지 않아 어색한 웃음을 억지로 지으며 입을 열었다.

- 현재 -

이부자리 위에서 옛날 생각에 잠겨 있다가 문득 한동안 가
보지 않았던 법무사 사무소가 머릿속에 떠올랐다. 일 처리
가 잘 되었는지 확인도 해보지 못했는데…. 갑자기 불안한
마음이 든 나는 내일 꼭 법무사 사무소에 다녀와야겠다고
마음을 먹었다. 이튿날, 이른 아침을 먹고 부지런히 법무사
사무소로 향했다. 집에서 그리 먼 거리는 아니었지만, 지금
의 나에겐 마라톤 코스만큼이나 먼 거리였다. 살갗이 찢어
질 듯 차가운 바람을 뚫고 간신히 사무소 앞에 도착했을 때
는 숨을 돌리기도 전에 "아이고"라는 말이 먼저 튀어나왔다.
그렇게 간신히 도착한 변호사 사무소가 닫혀있었던 것이었
다. 건너편에 있는 포장마차 아줌마에게 들은 얘기로는 10시
쯤 되어야 불이 켜진다는데, 아직 8시도 채 되지 않았다. 잠
이 없어진 탓에 불편해진 일들이 한두 가지가 아니었지만,
오늘처럼 원망스러운 날은 없었던 것 같다. 추운 날씨에 언
몸이 마치 커다란 얼음처럼 느껴졌고, 목적지를 모르는 발은
같은 자리만 동동 굴렀다. 온갖 찡그린 표정을 지으며 가게

17

를 나와 주변을 둘러보자, 20미터도 채 되지 않는 곳에 있는 작은 카페가 눈에 들어왔다. 추위라도 피해야겠다는 생각에 나는 느린 발걸음을 카페까지 재촉했다. 마침내 가게 안에 들어서고 따뜻한 공기가 피부에 닿자, 나도 모르게 "살 것 같다"라는 말이 입 밖으로 튀어나왔다. 그 모습을 혹시나 주인이 봤을까 싶어 카운터 쪽으로 조심스럽게 고개를 돌려보니, 아니나 다를까 사람 좋은 미소를 띠고 있는 여인이 카운터에서 나를 보며 미소를 짓고 있었다. 여인은 한 3, 40대쯤 되어 보였는데, 보기 드문 미소를 지닌 사람이었다. 나는 멋쩍은 듯 헛기침을 한 번 내뱉고는 카운터로 가, 따뜻한 커피를 주문했다. 카페 주인은 상냥한 목소리로 잠시만 기다리라며 그대로 뒤로 돌아 커피를 만들기 시작했다. 나는 소파처럼 푹신해 보이는 의자에 앉아 추위에 얼음이 된 몸을 천천히 녹였다. 오늘따라 날이 어찌나 추운지, 몸이 녹는 데 한참의 시간이 걸렸다. 몸이 녹자 여유가 생긴 나는 카페의 인테리어가 눈에 들어오기 시작했다. 벽을 연노랑 비슷한 색으로 칠해놓은 것이 왠지 모르게 마음을 편안하게 하는 것 같았다. 구석 쪽에는 작은 책꽂이가 있었는데, 사랑에 관한 책들이 여럿 꽂혀 있었다. 신기하게 주변을 둘러보는 모습이 우스꽝스럽게 보였는지, 카페 주인이 커피를 가져오며 말했다.

"그다지 꾸며놓은 것은 없는데, 인테리어가 마음에 드시나봐요?"

"예? 아… 그렇네요. 괜찮게 꾸몄구만."

카페 주인은 내가 앉은 의자와 맞은편에 있는 기둥에 자연스럽게 몸을 기대며 말을 이었다.

"원래는 여기가 저희 어머니가 운영하던 찻집이었어요."

"아, 그런가요?"

여주인은 가볍게 고개를 끄덕였다. 그리곤 손에 들고 있는 차를 한 번 홀쩍 마시고 다시 말을 이었다.

"어머니가 돌아가시고 나서 제가 이어받았죠. 물론, 인테리어부터 시작해서 싹 다 바꾸긴 했지만요."

여주인은 그렇게 말하고는 마치 어머니를 회상하는 듯 먼 천장으로 시선을 돌렸다. 그녀의 목소리에는 어머니에 대한 그리움이 잔뜩 묻어 있었다. 그녀가 천장을 바라보는 그 눈빛이 너무 슬퍼 보여 나도 모르게 가슴이 미어졌다. 혹시나 내가 저세상으로 가게 된다면 내 아들 역시 그래 줄 것인가 하는 걱정과 기대가 섞여, 알 수 없는 감정이 들었다. 여주인과 나 사이에는 잠시 동안 정적이 흘렀지만 어색한 침묵은 아니었다. 회상과 생각에 가득 찬 그런 공기가 흘렀다. 잠시후 여주인은 정적을 깨며 입을 열었다.

"사장님은 여기 무슨 일로 오셨어요?"

그녀는 자기가 분위기를 망쳤다고 생각했는지, 화제를 돌리며 내게 특유의 포근한 미소를 지어 보였다. 그 모습을 보니 자연스레 웃음이 지어졌다. 그리고 내가 대답했다.

"요 앞에 법무사 사무실을 찾아왔는데, 너무 일찍 왔지 뭐요. 오늘따라 날도 유난히 춥고 다리도 저려 오는 것이 안 되겠다 싶어서 주책을 부려 젊은이들 오는 커피집에 왔네요."

내 말에 여주인이 손을 입에 살짝 갖다 댄 채 웃었다.

"에이, 카페에 젊은이들만 오라는 법이 어디 있어요? 그럼 저도 사장하면 안 되겠는 걸요?"

여주인이 빙그레 웃는 모습을 보니 무언가 떠오르는 것이 있어, 물어보고 싶은 마음이 생겼지만 실례가 될 것 같아 고민이 되었다. 머릿속으로 몇 번을 더 고민한 뒤에야 나는 그 말을 입 밖으로 꺼냈다.

"혹시나 해서 묻는 거니, 기분 나쁘게 생각하지 말아줬으면 좋겠네요. 혹시 바깥양반이 안 계신가요?"

"네?"

내 말에 여주인은 상당히 당황한 듯 짧게 "아" 하는 소리를 냈다. 눈동자가 심하게 떨리는 것을 보고는 내가 말실수를 한 것이 아닌가 하는 생각에 괜한 헛기침이 나왔다. 잠시 후에 여주인이 한참 동안 다물고 있던 입을 천천히 열며 나에게 물었다.

"어떻게 아셨어요?"

여주인의 표정은 제법 심각해 보였다. 나는 부드럽게 인상을 풀며 나긋나긋하게 말을 해나갔다.

"그냥 뭐, 늙은이의 직감 같은 거지. 남편 있는 아낙네들은 그렇게 잘 안 웃거든. 얼마나 부부 싸움을 해대는지 날이 갈수록 인상이 험상궂게 변해가지. 게다가 이렇게 아침 일찍인데 가게를 연 것을 보면 아이들이 없다는 소릴 테니까, 뭐. 그냥 그리 한 번 생각해 본 거요. 실례였으면 미안합니다."

내 말을 귀 기울여 듣고 있던 여주인이 미안하다는 한마디에 갑자기 표정을 바꾸고 손사래를 치며 말했다.

"아니에요, 괜찮아요. 미안해하지 않으셔도 돼요. 남편이 떠난 지도 이미 오래전이라, 이제는 괜찮아요."

나는 대답 대신 작게 고개를 끄덕였다. 여주인은 차를 한 모금 마시더니 입을 다시고 다시금 말을 이었다.

"오래됐죠. 한 7년 됐으니까. 암에 걸렸는데 발견했을 때는 이미 몸 전체에 전이가 돼서 치료가 불가능하다고 그랬어요. 어쩔 수 없이 남편을 떠나보내고 재혼하라는 얘기를 많이 들었는데, 그게 남편이 떠난 것 다음으로 저를 힘들게 했어요. 아직까지도 딱히 재혼 생각은 없어요. 그래서 그런지 이렇게 손님만 오면 반가워서 꼬리 흔드는 강아지마냥 꼭 붙어서 안 보내드린답니다."

여주인은 웃음을 빙그레 지어 보였다. 그녀의 웃음은 왠지 모르게 보는 사람을 흐뭇하게 하는 포근한 웃음이었다. 그 덕에 나도 그녀를 따라 눈매를 내리고 인상 좋게 웃어보았다. 하지만 암이라는 말을 듣자 내 마음속에는 다시 한 번 폭풍이 오듯 복잡한 감정들이 휘몰아치기 시작했다. 그녀는 대화를 잘 이끌어가는 능력이 있었는데, 그 덕에 한참을 그녀와 얘기하며 시간을 보낼 수 있었다. 10시를 훌쩍 넘기고 나서도 문득 창문 밖으로 법무사 사무실 간판에 불이 들어온 것을 확인하기 전까지는 자리에서 일어날 생각이 들질 않았다. 최근 들어(솔직히 말하자면 십년 정도) 그렇게 많은 얘기를 해본 적이 없었던 것 같다. 여주인에게 연신 고맙다는 얘기를 하며 자리에서 일어섰다. 카페 주인은 그제야 카운터로 돌아가며 다 마신 찻잔을 싱크대 안으로 들이밀었다. 커피값을 계산한 뒤, 문을 열고 나오는 순간 여주인에게 나지막한 목소리로 말했다.

"고마워요, 말동무 해줘서. 사실 나도 암 판정을 받아서 얼마 못 살아요. 죽기 전에 입에 거미줄은 안 치겠다는 생각이 들어 다행이다 싶고 또 고맙습니다."

내 말에 방금 전까지 미소를 짓던 여주인이 "헉" 소리를 내며 놀랐다. 그녀는 손으로 자신의 벌어진 입을 막으며 금방이라도 눈물이 쏟아질 것 같은 표정을 지었다. 그래, 몇 시간 동안 즐겁게 얘기를 나눈 사람이 곧 떠날 사람이라는 걸 안다면 얼마나 놀랄까. 순간 괜히 말했나 하는 생각이 들기도 했다. 그러나 여주인은 이윽고 눈을 한 번 크게 끔쩍이고는 나를 웃음 짓게 했던 그 미소로 나를 배웅했다. 나도 그녀에게 미소로 화답하며 천천히 가게 안을 빠져나왔다. 한참 몸을 녹인 탓인지 바깥 공기는 아까보다 더욱더 차갑게 느껴졌다. 나는 누군가 쫓아오기라도 하는 듯 서둘러 법무사 사무실로 향해 걸음을 내디뎠다. 건물 안에 도착해서 법무사 사무실을 찾는데, 몇 시간 전에 갔던 사무실임에도 불구하고 몇 층이며, 어디에 있었는지가 생각이 나지 않아, 건물 안에서 한참 동안이나 길을 헤맸다. 다행히 건물 안에까지 차가운 바람이 들어오지 않아 추위에 손이 떨리진 않았지만, 다리가 조금씩 아파 오고 몸은 하루를 다 보낸 사람처럼 지쳐갔다. 결국 청소를 하고 있는 아줌마에게 길을 물어보고 나서야 법무사 사무실을 찾아갈 수 있었다. 사무실에 들어서니 젊은 아가씨가 일어나 밝은 미소로 나를 맞이했다. 몇 번 본 적이 있어, 낯이 익은 얼굴이었다. 그녀가 상냥한 목소리로 내게 물었다.

"어서 오세요. 무슨 일로 오셨어요?"

"아, 전에 내가 부탁했던 것이 있는데, 그게 됐나 확인 좀 하려고."

젊은 아가씨는 "아" 하는 소리와 함께 잠시 기다리라며 나를 의자로 안내했다. 아마도 내 얼굴이 얼핏 기억난 것 같았다. 한 5분쯤 지났을까, 사무실 끝쪽에서 낯이 익은 남자가 걸어와 내 맞은편에 앉았다. 커다란 몸집과는 다르게 아주 친절한 목소리로 그가 말했다.

"아이고, 아버님. 오랜만에 오셨네요. 제가 다 됐다고 전화 드리려고 했는데, 그때 알려주신 번호가 잘못됐는지 없는 번호라고 나오더라고요. 뭐 하여튼, 그때 말씀하셨던 것들입니다."

법무사는 들고 온 서류를 보여주며 내게 건네주었다. 그것을 보아한들 무엇을 알겠는가 싶었지만, 애써 가져온 것이니 자세하게 읽어보는 척을 하며 고개를 끄덕였다. 그러자, 법무사가 말했다.

"아버님 명의로 된 땅이랑 지금 살고 계시는 집, 아드님 명의로 변경 원하셨잖아요?" 법무사는 정리해 놓은 자료를 가리키며 말했다. "봉투에 넣어 드릴게요. 잠시만 기다리세요."

여직원은 내가 들고 있던 서류를 갈색 봉투 안에 넣어 내 앞에 다시 내려놓았다. 법무사는 내가 원하는 자료에 대한 설명을 해주었고, 그 설명을 듣고 난 뒤에야 안심이 된 나는 그의 손을 꼭 잡으며 고개를 숙였다.

"고맙습니다. 정말 고맙습니다."

"아이고, 아닙니다. 차라도 한 잔 드시고 가시죠."

"괜찮습니다. 여기 오기 전에 먹고 왔어요."

법무사는 굉장히 예의 바른 사람이었는데, 저번에는 잘 이
해하지 못하는 내게 몇 번이고 같은 것을 설명해주기도 했었
다. 남자는 날이 추우니 차라도 한잔 하고 가라며 계속 권유
했지만, 나는 어서 이 봉투를 들고 집으로 돌아가고 싶었다.
계속해서 그를 거절했더니 남자의 표정이 굉장히 서운해 보
였다. 그것이 신경이 쓰이긴 했지만 나는 다음에 꼭 다시 오
겠다는 말을 남기고 사무실을 빠져나왔다. 손에 쥐고 있는
이것은 단순한 종이 쪼가리였지만, 나는 억만금을 들고 있
는 것 마냥 든든한 기분이 들었다.

'그래, 이제 다 된 거야. 마음이 놓이는구만!'

나는 기분이 좋아 가는 길에 길거리 버스 정류장 앞에서
팔고 있는 붕어빵을 사 들고 집으로 향했다. 하지만 붕어빵

을 좋아했던 아들이 집에 없다는 것을 깨달은 건 아들의 이름을 부르며 대문을 열었을 때였다.

"성주야, 붕어빵 먹어라."

방문을 연 나는 아무도 없는 방 안을 보고 놀라, 들고 있던 붕어빵을 봉지째 떨어뜨렸다. 담낭암보다도 더 나를 힘들게 하는 것은 점점 더 가물가물해지는 이 기억력이었는데, 아들에 관한 것들이 가물가물할 때마다 혹시나 죽기 전에는 아들의 얼굴도 못 알아보는 것이 아닌가 싶어 두렵고 겁이 났다. 나는 나 자신을 비웃듯 혼잣말을 해댔다.

"지가 쫓아내고 성주를 왜 여기서 찾아? 나도 완전 맛탱이가 갔구만."

나는 쉿소리가 들릴 정도로 깊은 한숨을 내쉬었다. 먼지묻은 붕어빵을 조심스럽게 털고 그것을 그대로 한입에 베어물며 방 안으로 들어왔다. 오늘 점심은 이걸로 때워야겠다는 생각으로 나는 아직 흙이 묻어있는 붕어빵을 작게 작게 찢어서 계속 입에 넣었다. 저녁쯤이 되어서는 목장으로 향했다. 하루종일 굶주렸을 사슴들을 생각하면 추위와 아파 오는 다리는 그다지 문제가 되지 않았다. 먹이통에 먹이를 한가득 넣어주자, 배가 많이 고팠던 사슴들은 성난 불소처럼 달려들었다. 해가 저물기 직전까지 목장을 관리하다 보니 무리한 탓에 복통이 크게 느껴졌다. 미처 목장 일을 마치지도 못하고, 기어가듯 간신히 방으로 들어왔다. 정신이 혼미해질 정도로 큰 고통에 나는 아무런 생각도 할 수가 없었다. 혹시나 창자가 다 찢어지거나 튀어나온 게 아닌가 싶어 계속해서 손으로 배를 확인했다. 고통은 밤늦게까지 가실 줄을 몰랐고, 거의 뜬 눈으로 어둡고 무서운 밤을 지새워야만 했다. 아무런 생각도 할 수 없고, 머릿속이 하얘질 정도로 그저 아프기만 했다. 말 그대로 산지옥이었다. 내가 죄를 너무 많이 지어 이렇게 됐는가 싶어, 나이에 맞지 않게 눈물까지 쏟아냈다. 여러 생각에 잠들기도 하고, 너무 아파서 밤새 울며, 간신히 숨만 쉬는 고통 속에 기나긴 밤을 보냈다.

날이 밝자, 통증이 천천히 가라앉기 시작했다. 밤새도록 시달린 지금의 나를 누군가 본다면 분명 숨만 간신히 붙어 있는 정도의 모습일 것이다. 오늘은 아무 일도 하지 않고 누워만 있어야 할 것 같았다. 머리부터 발끝까지 성한 곳이 없었고, 머리는 백지장처럼 하얘져서 작은 먹물이라도 튀게 되면 또다시 전체를 까맣게 물들일 것만 같았다. 숨을 헐떡이며 눈을 깜빡이고 있는데, 시끄럽게 대문이 열리는 소리가 들렸다.

'문을 안 잠갔던가?'

나가봐야 할 것 같았지만, 그럴만한 힘이 없었다. 이윽고 내 방문을 열고 익숙한 누군가가 들어왔다.

"아버지?"

성주었다. 성주는 나를 보며 놀란 듯 눈을 크게 뜬 채 물었다.

"이게 무슨 일이에요? 어디 아프신 거 아니에요?"

"괜찮다."

나는 쉿소리가 잔뜩 섞인 목소리로 대답했다. 성주는 괜찮다는 내 말에도 아랑곳하지 않고 병원에 가야 한다며 나를 일으켰다. 사실 나는 어떻게 가는지도 모를 만큼 정신이 없었다. 성주는 나를 보조석에 태운 채 서둘러 집에서 가장 가까운 행복병원으로 향했다. 가는 동안 성주가 다급한 마음에 과속이라도 하면 어쩌나 싶어 걱정이 되었다. 다행히 병원에 도착할 때까지 내가 우려했던 상황은 일어나지 않았다. 간호사들이 내 상태를 보자마자 응급 상황인 것을 알고는 기다리고 있던 다른 사람들의 진료를 늦추고 바로 진료를 볼 수 있게 해주었다. 하지만 의사는 내 상태를 봐주는 대신 곧장 진통제를 놔주었다. 다행히도 그가 놔 준 진통제를 맞고 나니 금세 식사도 할 수 있을 정도로 기력이 회복되었다. 의사는 진통제를 맞은 팔에 소독약을 발라주며 말했다.

"아드님한테 얘기 안 하셨어요?"

"얘기한들 무얼."

성주는 의사와 나의 대화를 듣고는 의아해하는 표정을 지으며 물었다.

"아버지, 무슨 소리예요? 선생님, 아버지가 어디 지금 안 좋으신 건가요?"

"아버님은 지금 담낭암 말기예요. 저희로서는 할 수 있는 게 없어서 큰 병원으로 가보시라고 말씀드렸는데, 아버님이 또 아들 걱정시킨다고 말씀 안 하셨나 보네요."

나는 소독솜으로 팔을 문지르며 아들의 눈치를 살폈다. 성주는 믿을 수가 없다는 눈치였다. 아니면 정신이 나갈 정도로 충격을 받았거나. 아들은 내가 간호사에게서 약을 건네받고 있자, 의사에게 내 상태를 자세하게 물어보기 위해 면

담을 신청했다. 의사와 면담을 나누고 진료실에서 나온 성주의 표정은 한층 더 심각해 보였다. 그러나 아들은 나에게 아무런 말도 하지 않았다. 왜 말을 하지 않았냐고 화를 내지도, 얼른 큰 병원에 가보자는 얘기를 하지도 않았다. 집으로 가는 동안에도 아들은 입을 굳게 다물고 있을 뿐이었다. 해장국 집에서 밥을 먹을 때도, 집 앞 사슴들이 추워서 뭉쳐있는 것을 보고도 그의 입은 굳게 닫혀 있었다. 집에 도착하자마자, 성주는 이부자리를 내놓고 그제야 거미줄을 칠 것만 같던 입을 열며 말했다.

"아버지, 내일 다시 올게요. 너무 아프시면 진통제 처방받으신 거 꼭 드시고요. 알았죠?"

"오냐, 추운데 얼른 가라."

나는 집 앞까지 마중 나와 심각한 표정으로 무거운 발걸음을 내딛는 아들의 뒷모습이 사라질 때까지 바라보았다. 날 닮아서 걱정이 많은 녀석인데, 운전하다 사고라도 날까 걱정이 되어 여간 마음이 불편한 게 아니었다. 불편한 자세로 방구석에 앉아있자 얼마 지나지 않아, 아들에게서 집에 도착했다는 전화가 왔다. 그제야 마음이 놓인 나는 편안하게 이불 속으로 들어가 누울 수 있었다. 불을 끄고 몸을 누이니 어제 못한 생각까지 한 번에 밀려오는 건지, 수많은 생각들이 머릿속을 마구 뒤집고 흔들어 놓았다. 아들에게 담낭암임을 들킨 것이 마음을 불편하게 했다.

'그놈, 바쁜데 오긴 뭘 한다고 와.'

어느 부모나 그렇듯 죽음이 코앞까지 다가온 이 순간에도 부모의 머릿속을 맴도는 대부분의 생각은 자식에 대한 걱정이었다.

'그래도 이제 할 건 다 해놨으니, 나 가고 나면 성주도 좀 편해지겠지.'

어렴풋이 아들과 함께 살아온 내 인생이 머릿속을 스쳐

지나갔다. 조그마한 몸으로 나를 졸졸 따라다니던 때, 처음 학교를 입학해 잔뜩 신이 난 표정으로 내게 손을 흔들던 때, 조금 자라서 연애를 한다고 거울 앞에서 잔뜩 폼 잡던 때까지. 모든 것이 엊그제 같은데, 벌써 세월이 이렇게 지나버렸다니. 참 야속하기도 하다. 시간이 조금만 더 느리게 흘렀으면 좋았을 텐데 하는 아쉬움에 괜히 입을 다셨다. 그동안 내가 잘 살아 왔던가? 나 때문에 피해 입은 사람이 한을 품으면 곱게 죽지도 못한다는데, 그런 사람은 없었나? 나는 스스로 염라대왕이 돼서 계속해서 나를 심문해보기도 했다. 무언가 죄라도 발견하면 속죄하는 김에 울음보라도 터뜨릴 수 있지 않을까 하는 생각이었다. 이런저런 생각을 하다 보니 머리에 과부하가 걸린 모양인지 나는 어느새 잠이 들고 말았다. 마음의 소리가 많았던 밤이었다. 다음 날, 아들이 아침 일찍 집으로 찾아왔다. 추운 바람 때문에 성주의 볼에는 붉은빛이 살짝 돌고 있었다. 표정은 어제보다 훨씬 더 복잡해 보였는데, 오늘만큼은 병원에 가지 않아도 된다는 말을 내뱉으면 안 될 것 같았다. 병원에 가자는 성주의 말에 별다른 반응을 하지 않고 고개를 가볍게 끄덕였다. 차에 오르며 보조석 시트를 만져보니 얼음장처럼 차디찼다. 손으로 그것을 데우듯 문지르자, 성주가 히터를 틀며 말했다.

"금방 따뜻해질 거예요."

"운전할 때 항상 틀어 놔라. 손 시려워서 사고 날라."

나는 담담하게 말했다. 성주는 크게 숨을 한 번 들이쉬고는 천천히 내뱉으며 비장한 표정으로 운전대를 잡았다. 그 모습을 보며 '누가 보면 죽을병에라도 걸린 줄 알겠다'는 생각을 하는데, 내가 담낭암 말기라는 환자라는 것이 떠올랐다. 항상 입에 달고 살던 말이었는데, 죽을병에 걸려서도 그 말이 생각나는 것을 보면 참 죽음이란 걸 우습게 생각하며 살아왔던 것 같기도 하다. 잠시 메마른 입술에 침을 바르며 창밖을 보고 있자, 곧장 차가 출발했다. 차가 출발하고 5분쯤 지났을까, 따뜻한 바람에 차가워졌던 몸이 금세 녹아내렸다. 행복병원에서 가보라고 했던 병원은 서울에 있는 제법 큰 병원이었는데, 가는 길이 그다지 멀지는 않았다. 이른 아침인

지라 간간이 차가 막히는 구간이 있었지만, 병원에 가는 데
는 한 시간 남짓 걸렸다. 차에서 내리자, 다시 차가운 바람이
살갗을 뚫고 뼛속까지 파고들어 나는 몸을 웅크렸다. 아들
이 그런 모습을 봤는지, 다급해진 표정으로 병원 입구를 이
리저리 찾아다니는 모습이 보였다. 병원에 들어서서 나는 갓
눈을 뜬 아이처럼 신기해 하며 이곳저곳을 살폈다. 나이가
들어서는 밥 먹듯이 병원에 들락날락했지만, 이렇게 큰 병원
은 처음이었다. 병원 안에 커피 가게와 슈퍼마켓까지 있는
걸 보며 혼잣말로 중얼거렸다.

"세상 좋아졌구만."

"아버지, 이쪽으로 오세요."

넋을 놓고 있다가 아들의 목소리에 고개를 돌려보니, 성주
는 이미 접수처에서 번호표를 뽑고 의자에 앉아있었다. 이른
시간에 왔음에도 병원에 사람이 많아 한참을 기다려야만 했
다. 한참을 기다려 드디어 내 차례가 되자, 인상 좋은 간호사

가 나를 진료실로 안내했다. 진료실에 들어가니 안에는 흰 가운에 '박준수'라고 쓰여 있는 이름표를 단 남자가 앉아있었다. 첫인상은 그다지 좋지 않았다. 관상을 볼 줄은 모르지만, 새를 닮았고 심성이 고와 보이진 않았다. 하지만 이쪽에서 계열에서는 유명한 사람인지, 차를 타고 병원으로 오는 내내 아들 녀석이 입이 닳도록 그를 칭찬해댔다. 의자에 앉아, 그의 얼굴을 좀 더 자세히 보고 있자, 박준수 교수가 물었다.

"김충길 씨, 전에 다니던 병원에서 담낭암이라고 하셨다고요?"

"그렇소."

박준수 교수는 고개를 살짝 끄덕였다. 그리곤 알 수 없는 표정을 지었는데, 그 모습이 마치 '더 이상 진료를 할 필요가 있나?' 하는 얼굴이었다. 그가 다시 말을 이었다.

"아프신 곳이나 특별한 증상 같은 건요?"

"온몸이 다 아프지, 뭐."

"예…"

교수는 그대로 고개를 끄덕이며 앞에 있던 종이에 무언가 체크하였다. 그것을 본 성주가 살짝 격양된 목소리로 물었다.

"교수님, 그게 다인가요?"

"네."

교수는 별다른 반응 없이 대답했다. 성주는 한층 더 커진 목소리로 말했다.

"어디가 어떻다거나 합병증 검사나 이런 건 뭐 안 물어보

나요?"

"어차피 일단 검사부터 해봐야 아는 거고, 보통 암 환자들은 합병증이 없어도 온몸이 다 아픕니다."

박준수 교수는 그렇게 대답하고는 들고 있던 종이를 간호사에게 넘겨주었다. 성주는 여전히 조금 격양된 상태였지만, 교수의 말이 이해가 갔는지, 이내 감정을 다스리며 얼굴색을 태연하게 했다. 박준수 교수의 진료가 끝나자, 간호사가 나를 검사실로 안내했다.

"아버님은 이쪽으로 오시고, 보호자 분은 저쪽에서 잠시만 기다리세요."

"예, 아버지. 저, 저쪽에 있을게요."

성주는 마치 집에 아기를 두고 강가로 가는 아낙네처럼 말했다. 나는 대답 대신 고개를 살짝 끄덕였다. 간호사를 따라 검사실에 들어가니, 검사실 안에 있던 사람이 내게 환자복처럼 생긴 옷을 주고는 갈아입게 했다. 옷을 갈아입은 뒤, 간호사의 지시에 따라 기계 위에 몸을 눕혔다. 간호사는 숨을 들이쉬어라, 내쉬어라 하는 말을 반복해서 말했다. 검사를 받고 있자니, 그 전까지는 느끼지 못했던 무언가가 속에서 끓어오르듯 느껴졌다. 그저 검사를 받는 것뿐이었지만, 나는 마치 관 속으로 들어가는 시체마냥 인생을 회상하고 또 후회했다. 온갖 생각이 머릿속을 비집고 파고들어, 마침내 간호사가 하는 말이 들리지 않을 정도가 되었다. 이제야 몸속의 암 덩어리를 내 눈으로 보겠구나. 모든 검사가 끝나고 정신이 다시 돌아올 때쯤에 이미 나는 다시 진료실에 앉아있었다. 박준수 교수는 여전히 담담한 표정을 지은 채 컴퓨터 속을 한동안 들여다보았다. 마침내 그가 무언가 말하려는 듯 큰 칠판 같은 곳에 검사 사진을 띄웠다. 나도 모르게 긴장이 되었는지 입술이 계속해서 말라왔다. 그가 얇은 봉으로 사진 속을 가리키며 말했다.

"지금 이게 암 덩어린데, 이 정도면 거의 말기라고 보시면

됩니다. 담낭암이 맞고요. 이쪽에 보시면 하얀 덩어리들이 많이 있죠? 다른 장기까지 전이가 시작된 상태입니다. 보통은 황달 증상이 많이 일어나는데, 아버님은 황달 증상은 아직 없으시고요. 복통이 이제 점점 심해지셔서 참기가 많이 어려우실 거예요. 진통제 처방해드릴 테니까 심하시면 드시고요. 항암 치료 꾸준히 받으셔야 하니까 일주일에 한 번씩 오세요."

그는 담담한 표정으로 말을 마치고는 간호사에게 차트를 건넸다. 차트를 건네받은 간호사가 나와 성주를 밖으로 안내하려 하자, 아들이 다급하게 말했다.

"잠깐만요, 교수님이랑 1분만 좀…."

간호사는 당황한 듯 어리둥절한 표정을 지으며 성주와 의사의 얼굴을 번갈아 보았다. 이윽고 의사가 알겠다는 듯 고개를 끄덕이니 간호사가 나를 데리고 밖으로 빠져나왔다.

- 성주와 박준수 교수 -

문이 닫히고, 성주가 물었다.

"정확하게 말하면 아버지 상태가 지금 어떤 건가요, 선생님?"

박준수 교수는 한 치의 망설임도 없이 대답했다.

"항암 치료를 해도 기간을 좀 더 늘릴 뿐이지, 가망은 희박합니다. 그리고 통증도 상당하실 테고요."

성주는 자꾸만 정신이 혼미해지는 듯 머리를 흔들어댔다. 박준수 교수는 한숨을 깊게 내쉬었다. 환자의 상태를 애도하는 한숨은 아니었다. 수없이 많은 환자들을 보았을 그는 그저 이 상황이 지루할 뿐인 것 같았다. 성주가 다시금 무언가 생각해 낸 듯 물었다.

"입원해서 치료를 받으면 좀 나을까요?"

"입원하셔도 딱히 나아지거나 하진 않습니다. 그냥 드시고 싶은 것 드시게 하시고, 하고 싶으신 것 다 해주시는 게 최선입니다."

"아니, 그럼 어쩌란 거야! 돌아가실 때까지 보고만 있으라고?"

성주가 참아왔던 분노를 토해내듯 말했다. 밖에서는 성주의 목소리에 놀란 간호사가 다급하게 문을 열었다. 박준수 교수는 이런 일이 허다한 듯 간호사에게 괜찮다는 손짓을 하며 성주에게 말했다.

"김충길 씨는 발견도 너무 늦었고, 치료도 너무 늦었습니다. 저희로서는 할 수 있는 치료는 다 하겠지만, 나을 가능성은 희박합니다. 더 물어보셔도, 더 화를 내셔도 제가 드릴 말씀은 이게 다입니다."

박준수 교수의 단호한 대답에 성주의 얼굴색이 파랗게 질러 바닥에 무릎을 꿇고 빌며 말했다.

"교수님, 부탁합니다. 제발 좀요. 어떻게든 해주십시오. 부탁합니다."

"최선을 다해보겠습니다. 그만 나가세요."

박준수 교수의 대답은 한결같았다. 그는 감정에 흔들리지도, 의미 없는 희망을 주지도 않았다. 간호사가 성주에게로 걸어와 천천히 그의 팔을 붙잡고 진료실 밖으로 그를 안내했다.

- 진료실 밖 -

성주가 얼굴색이 파랗게 질린 채 간호사와 함께 진료실 밖으로 나왔다. 소리치던 성주의 목소리가 어찌나 크던지 문밖에서도 들을 수 있었다. 순간 내 아들도 나처럼 복잡한 마음이겠거니 하는 생각이 들었다. 무언가 공유할 수 있다는 생각에 안도감 비슷한 감정이 올라왔다. 사색이 된 채 나와 얼굴을 마주친 성주는 정신을 차려야 한다는 생각이 들었는지 얼굴색을 바꾸고 내게 다가왔다.

"아버지, 가요. 날도 추우니까 뜨끈한 국물이라도 좀 잡수셔야지."

나는 애써 웃어 보이려는 성주를 똑바로 쳐다보며 가볍게 고개를 끄덕였다. 그 애처로운 모습에 왠지 모르게 어젯밤에는 나오지 않던 눈물이 튀어나올 것 같았다. 나이가 들수록 어린아이가 되어간다는 말이 무슨 뜻인지 알 것 같았다. 마음 같아선 아들을 부둥켜안고 사탕을 땅에 떨어뜨린 어린

애마냥 울고 싶었다. 아들에게 울지 말라며 화를 내고, 사랑한다고 못 했던 말도 하고 싶었다. 하지만 나는 어른이었고, 아버지였다. 나는 이제는 힘이 없어 금방이라도 부서질 것 같은 이빨을 꽉 물었다. 하고 싶은 말과 행동을 속으로 가둔 채 조용히 아들을 따라 병원 안을 빠져나왔다. 약을 타오는 아들에게 약값이 얼마나 나왔는지 물어보았더니, 아들은 얼굴을 찌푸리며 말했다.

"그런 것 좀 걱정하지 마시라니까."

"그려."

나는 성주의 말에 더 이상 아무런 말도 하지 않았다. 약 없이는 곧 죽을 사람처럼 허덕일 게 뻔한데도 괜찮다며 굳이 마음에도 없는 말을 하는 노인네들을 보면 젊어서는 비웃음을 지었던 나였다. 나는 그렇게 말할 자격이 없었다.

"아버지, 뭐 드시고 싶어요?"

"너 먹고 싶은 걸로 먹어라."

"에이, 그러지 마시고요."

성주는 추위에 떠는 나를 의식해서인지 무엇을 먹을지 오래 생각하지 않았다. 우리는 병원 근처에 있는 국밥집에 가기로 했다. 가게 안으로 들어서자, 가게 주인이 밝고 우렁찬 목소리로 우리를 반겼다.

"어서 오세요. 편하신 곳에 앉으세요."

아직 식사 때가 아니어서 그런지 가게는 한산해 보였다. 성주는 햇빛이 잘 들어오는 따뜻한 창가 쪽으로 나를 앉혔다. 그리곤 직원이 들고 온 메뉴판은 보지도 않고 곧바로 돼지국밥 두 개를 주문했다. 나는 그 모습이 신기해 마치 어린 아이처럼 아들에게 물었다.

"어찌 메뉴판도 안 보고 시킨 다냐?"

"아, 이거요? 이 국밥집, 회사 옆에도 있거든요."

"그러냐."

나는 고개를 끄덕이며 직원이 가져온 따뜻한 차를 한 모금 마셨다. 아들에게 하는 일은 어떤지 물어보고 싶었지만 그게 아들에게 부담이 되지는 않을지 고민이 되어 뜸을 들이다가, 조심스럽게 아들에게 물었다.

"하는 일은 잘 되고 있냐?"

"예, 뭐. 잘하고 있죠. 왜요, 제가 교수 아들 둔 아버지 못 만들어드릴까 싶어서요?"

성주는 장난기 가득한 웃음을 지으며 대답했다. 나는 무덤덤한 표정으로 고개를 저었다. 이왕이면 그럴 리가 있냐며 편안한 미소를 지어 보이고 싶었으나, 늘 해오던 것이 한순간에 변하겠는가. 오늘도 그저 마음속으로만 그 미소를 지어 보였다. 잠시 후, 아직 한창 학교에 다닐 것 같아 보이는 젊은 아가씨가 뜨거운 김이 모락모락 올라오는 국밥을 가져오며 말했다.

"맛있게 드세요. 뭐 더 필요하신 건 없으세요?"

"예, 감사합니다."

젊은 아가씨가 주방으로 돌아가고 나서 내가 조심스럽게 아들에게 물었다.

"중학교 다니는 애 아니냐? 어린 것이 어째 학교도 안 가고 일을 해?"

"에이, 딱 봐도 대학생인데요. 요즘 애들은 다 자기 용돈 벌려고 시간 남을 때 아르바이트하잖아요."

나는 멀리서 희미하게 보이는 젊은 여직원을 보며 중얼거리듯 말했다.

"거 참, 내가 모르는 것도 많네."

세상이 빠르게 변하고 있다는 건 진작에 알고 있었지만, 그걸 이렇게 크게 느낀 건 오늘이 처음이었다. 그 여학생이 눈에 들어온 건, 아마도 암 확정을 받고 시간이 없다는 걸 알게 되었기 때문일 것이다. 얼마 남지 않은 시간 동안이라도 사람에 대해 알고, 구경하고 싶어졌다. 나는 뜨거운 김이 살짝 식은 국밥을 한 숟가락 떠 입으로 가져갔다. 나도 모르게 "맛있구만"이라는 말이 불쑥 나왔다.

그 날 이후로 아들은 매주마다 나를 찾아왔다. 여러 가지로 준비하느라 바쁠 텐데도 불구하고 매주 월요일이면 아들은 아침 일찍부터 차를 끌고 집으로 찾아와 굳이 안 가도 된다는 나를 억지로 병원에 데려갔다. 그리고 아들이 "포기하시면 안 돼요, 아버지"라고 습관처럼 말해준 덕에, 이미 이 이야기의 결말을 아는 나였지만 다른 결말이 나오길 조금씩 바라기 시작했던 것 같다. 하지만 그런 나와 아들의 소망 따위는 간단히 무시된 채, 내 몸은 점점 악화되어 밤에는 통증 때문에 밤에는 잠을 잘 수 없을 지경에 이르렀다. 물론, 아들에게는 아프다는 말을 하는 대신 괜찮다고 했지만 말이다. 아들은 나를 데리고 병원에 갔다 오는 날이면 마치 그 날이 휴일인 것처럼 남은 시간을 나와 함께 보내곤 했는데, 며느리를 생각해서 일찍 들어가라고 하는 날에도 어김없이 동창 모임에 왔다, 친한 친구를 만나고 있다는 등의 갖가지 핑계를 대면서 나와 붙어 있으려고 애를 썼다. 나는 괜히 아들에게 피해가 가는 것이 아닌지 하는 걱정이 드는 한편, 아들과 같이 있는 시간이 너무 좋아 새 생명을 얻은 것 마냥 행복하기도 했다.

"아버지, 오늘은 어디 가고 싶었던 곳 없어요?"

아들이 보조석에 앉은 나를 보며 말했다.

"가고 싶은 곳이 뭐 있어."

사실 운전하는 아들의 손이 시리진 않을까 하는 생각을 하다가 마땅한 대답을 찾지 못하기도 했고, 어딘가 가보고 싶다고 생각해본 적도 딱히 없었다. 다른 노인네들은 늙어서 이곳저곳 구경하는 데에 시간을 보낸다고 하지만, 불편한 다리와 조금만 무리를 해도 앓아눕는 약한 몸뚱이를 가지고 어딘가 간다는 게 여간 어려운 일은 아니었다. 게다가 홀몸으로 나들이라니, 그런 행동은 주책이라고 줄곧 생각해왔었다. 하지만 이쯤 되니 죽기 전에 그 정도 주책쯤은 괜찮지 않을까 하는 생각이 들었다. 나는 말없이 운전대를 잡고 있는 아들을 향해 나지막하게 말했다.

"저기가 한강이냐?"

아들은 내 말에 창가 너머로 보이는 한강을 곁눈질로 훔쳐봤다. 그리곤 작게 미소를 띠며 내게 되물었다.

"병원 갔다가 오늘은 한강이나 가보실래요?"

아들의 말에 특별한 대답을 하진 않았다. 좋다는 뜻이었다. 이런 류의 침묵은 아들과 나 사이에 통하는 무언의 의사소통이었다. 차에 오랫동안 있었던 탓인지 답답해져, 창문을 살짝 열어 바깥바람에 얼굴을 맞대었다. 어느새, 나만큼이나 약해진 바람이 곧 봄이 올 것을 예고하는 것처럼 느껴졌다. 차로 한참을 달려 병원에 도착하자, 따뜻한 바람에 좋아졌던 기분이 다시금 천천히 가라앉기 시작했다. 늘 느끼는 것이었지만, 병원에서는 이상한 냄새가 났다. 그것은 청소를 안 해서 나는 냄새가 아니었다. 굳이 표현하자면 그것은 아픈 사람들에게서 나는 냄새였다. 병의 냄새. 누군가 그 냄새가 무엇이냐고 물어보면 그 말 외에는 딱히 표현할 말이 없었다. 의자에 앉아 정신이 나간 사람처럼 멍하니 기다리고 있자, 내 진료 차례가 되었는지 간호사가 다가와 나를 진료실로 안내했다. 간호사를 따라 진료실로 들어서자, 평소처럼 무덤덤한 표정에 피곤함이 가득해 보이는 박준수 교수가 컴퓨터 앞에 앉아있었다. 그는 여느 의사들처럼 나를 보며 환하게 웃거나 하지 않았고, 기분을 상하게 하는 말에도 절대 표정을 찡그리지 않았다. 마치 동상처럼 항상 그 표정으로 그 자리에 앉아있었다. 앞에 앉아 그가 입을 뗄 때까지 기다리고 있자, 마침내 그가 가볍게 입술에 침을 바르고 말했다.

"항암 치료는 뭐, 계속 받고 계시고. 통증은 좀 어떠세요?"

"낮에는 견딜 만한데, 밤만 되면 배가 아파서 잠을 못 자겠어요."

"약은요? 진통제 드셔도 그런가요?"

"예."

박준수 교수는 내 말에 들고 있던 차트에 무언가 적어 간호사에게 건넸다. 그리곤 커다란 TV를 켜 저번에 검사한 사진을 보여주며 말했다.

"아직 항암 치료를 받고 계셔서 전이는 더디게 진행되는 편인데, 사실 담낭 쪽에는 크게 효과가 없어요. 시간이 지나면 통증이 더 심해지실 테니까 진통제를 좀 더 강한 걸로 처방해드릴게요."

박준수 교수의 말을 듣고 쓰디쓴 약이라도 먹은 것처럼 표정을 찡그리는 것은 내가 아니라 아들이었다. 성주는 늘 진료실에서 박준수 교수가 하는 말을 들으며 자신의 병인 것마냥 깊은 한숨을 내쉬며 심각한 표정을 지었다. 진료가 끝나고 간호사가 내게 이쪽으로 오라며 손짓했다. 나는 아들과 간호사를 번갈아 보며 말했다.

"잠시만, 선생님이랑 할 얘기가 있는데."

"아, 예. 먼저 나가 있을게요, 아버지."

"그래, 알았다."

아들은 애써 미소를 지으며 간호사와 함께 진료실을 나갔다. 박준수 교수와 둘만 남게 되자, 나는 의자를 조금 그에게로 당기며 속삭이듯 물었다.

"저, 선생님. 제 몸이 어떤가요?"

"네? 말씀드린 그대로입니다."
나는 거친 손으로 교수의 손을 꼭 잡고 다시 물었다.

"압니다. 그러니까, 제가 묻고 싶은 건…."

"아."

교수는 그제야 내가 무엇을 묻는지 알겠다는 듯 탄성을
내뱉었다. 그는 잠시 컴퓨터로 무언가를 살피는 듯하더니,
다시 나를 향해 몸을 돌려 내 얼굴을 똑바로 보며 말했다.
나는 그가 하는 말을 새겨듣기 위해서 온 신경을 그에게 집
중했다.

"원래는 수술을 하셔야 하는데, 아버님은 몸이 많이 약해지셔

서 수술받으시면 굉장히 위험합니다. 진통제나 항암 치료 약을 강한 걸로 처방해드리긴 했는데, 상태가 워낙 심해서 아마 한 번 앓아누우시게 되면 못 일어나실 겁니다. 빠르면 3개월, 늦으면 5개월 정도입니다. 맛있는 것도 많이 드시고, 하고 싶으신 일도 하면서 지내시는 게 가장 좋을 것 같습니다."

박준수 교수의 목소리는 말과는 다르게 그렇게 심각하게 느껴지진 않았다. 마치 숙제를 발표하는 학생처럼 담담하고 생동감 없이 들렸다. 나는 교수의 대답에 고개를 끄덕이며 감사하다는 말을 남기고 자리에서 일어났다. 예상하고 있던 터라 그렇게 큰 충격은 없었지만 나는 교수가 한 말을 새기듯 계속해서 중얼거리며 되뇌었다.

"빠르면 3개월, 늦으면 5개월."

진료실 밖으로 나오자, 아들이 그것을 보고는 빠른 걸음으로 내게 다가왔다. 나는 고개를 들어 애처로운 표정을 지은 채 아들을 쳐다보았다. 성주는 부축하듯 내 팔을 자기 머리 뒤로 걸치며 부드러운 목소리로 말했다.

"얼른 점심 먹고 이제 한강 갑시다, 아버지."

아들은 밝게 웃어 보이려 했지만 잘 되지 않는지, 복잡미묘한 웃음을 띠었다. 나는 일부러 그런 아들의 표정을 모른 척하며 가볍게 고개를 끄덕여 그가 이끄는 곳으로 발을 움직였다. 약을 받고 병원을 나오자마자, 부드러운 바람이 가라앉았던 기분을 간지럽혔다. 병의 냄새가 나는 병원을 빠져나온 탓인지 기분이 조금 나아진 나는 종종걸음으로 걸어가는 아들을 불러 세우며 말했다.

"성주야, 오뎅이나 하나 먹을 라냐?"

"웬 오뎅이요?"

나는 길거리에 덩그러니 있는 포장마차를 가리켰다. 아들은 나와 포장마차를 번갈아 보고는 미소를 지은 채 고개를 가볍게 끄덕였다. 나는 포장마차로 가서 뜨거운 국물 속에 몸을 담그고 있던 오뎅 하나를 집어 들었다. 이렇게 길에서 오뎅을 먹는 것이 얼마 만인지 머릿속으로 세어보려 했지만, 너무 오래되었기 때문인지 담낭암 때문인지 기억이 나질 않았다. 오뎅을 입에 넣으면 생각이 날까 싶어 아직 열이 식지도 않은 오뎅을 입 안으로 밀어 넣었다. 아들이 내게 오뎅 국물이 담긴 종이컵을 내밀며 물었다.

"아버지, 근데 갑자기 웬 오뎅이에요? 원래 오뎅 잘 안 잡수시지 않으셨어요?"

"안 먹긴, 너 어릴 땐 거의 맨날 먹었다. 이놈아."

나는 오뎅의 옷에 간장을 입히며 다시 말을 이었다.

"너 어릴 때는 한여름에도 오뎅 사달라고 조르는 바람에 골치가 아플 정도였다."

내 말에 아들은 잠시 미소를 짓는가 싶더니 이윽고 고개를 돌리곤 붉어진 눈에 고인 눈물을 훔쳐냈다. 그 모습을 본 나는 더 이상 아무런 말도 하지 않았다. 다 먹은 오뎅 꼬치와 함께 주머니 속에서 천 원짜리 두 장을 꺼내 주인에게 건넸다. 꼬깃꼬깃해진 지폐가 마치 내 몸 같다는 생각이 들었다.

"잘 먹었어요."

포장마차를 나와서 차로 돌아온 우리는 다시 길고 긴 도로 위를 말없이 달렸다. 차가 출발한 지 얼마 되지 않아 정적을 깨며 내가 나지막하게 말을 꺼냈다.

"그냥 바로 집으로 가자."

"네? 갑자기 왜요."

아들은 당황한 듯 나를 곁눈질로 계속해서 쳐다보았다. 나는 애써 그런 아들의 시선을 외면하기 위해 창가로 고개를 돌렸다. 아들은 속도를 줄이며 나를 설득하듯 말했다.

"저도 바람이나 좀 쐬고 싶어서 그래요. 가요, 아버지."

아들의 말에 나는 괜한 헛기침을 한 번 했다.

"아니면 아버지, 먼저 들어가실래요? 저는 한강 갔다가 갈
게요."

그것은 나를 설득하려 한 말이었다. 나는 못 이기겠다는
듯 나지막하게 내뱉었다.

"그래, 가자."

내 한 마디에 아들의 표정이 금세 다시 밝아졌다. 덩달아
나도 웃고 싶었으나, 웃음이 잘 나오질 않았다. 한참을 달려,
마포 대교 근처에 차를 세운 아들이 말했다.

"오늘 날도 따뜻하고 놀러 오기 딱 좋은 날씨네요."

우리는 차에서 내려 양옆으로 넓게 퍼진 한강이 보이는 마포 대교를 걸었다. 오랜만에 이렇게 아들과 함께 걸으니 마치 젊었을 때로 돌아간 것 같았다. 나는 앞서 걸어가는 아들에게 말했다.

"성주야, 너 어릴 때는 네가 워낙 돌아다니는 걸 좋아해서 허구헌날 돌아다녔단다."

"제가요? 그럴 때도 있었네. 지금은 주말에 나들이 나가는 것도 힘들어요. 저도 이제 늙었나 봐요."

나는 성주의 등짝을 살짝 치며 웃었다.

"아직 젊은 놈이, 무얼."

아들은 아이처럼 빙그레 웃었다. 아들이 자라고 나서는 거의 함께 무언가를 한 적이 없었다. 항상 함께였지만, 부자간에 그 흔한 술자리 한 번 가져 본 적이 없었다. 그런데 요즘 들어 다 큰 아들과 함께 시간을 보내다 보니, 자연스럽게 옛날 생각들이 떠오르면서 후회가 밀려들었다. 아들과 좀 더 많은 시간을 함께할 걸, 좀 더 많은 일들을 같이할 걸. 그런 생각이 들다 보면 이 또한 아무 상관 없는 담낭암 탓이 아닌가 하는 생각도 들었다. 요즘은 매일매일이 분에 넘칠 만큼 행복했지만, 그 행복을 마냥 즐기기만은 힘이 들었다. 죽음이 늘 함께한다는 생각에 따뜻한 바람도, 아름다운 한강도 제대로 느낄 수 없었다.

"아버지, 뭐 좀 드실래요? 저기 보니까 사람들 돗자리 펴놓고 시켜먹네요."

성주가 멀리 한강 공원에 앉아있는 사람들을 가리켰다. 성주가 가리키는 것이 보이진 않았지만, 나는 괜찮다는 듯 고개를 저었다. 조금이라도 오래 살기 위해서는 음식을 잘 먹어야 할 텐데, 밤새 복통 때문에 진이 빠져서 그런지 부쩍 입맛이 없었다. 내가 말했다.

"너, 뭐 먹고 싶은 거 있으면 시켜라."

"그래요, 그럼. 저기 내려가서 뭐라도 시켜먹어요."

아들은 어떻게든 내게 무언가 먹이기 위해 안달난 사람처럼 보였다. 나는 그의 장단에 맞춰주듯 가볍게 고개를 끄덕였다. 우리는 마포 대교를 건너 사람들이 북적이는 한강 공원으로 내려갔다. 많은 사람들이 있었지만, 대부분이 젊은 사람이어서 괜스레 나 자신이 부끄러워져 굽은 몸을 더 움츠렸다. 나는 성주에게 조심스럽게 물었다.

"야, 한강에는 젊은 사람들만 오는 건가 보다."

"에이, 그런 게 어디 있어요. 아버지는 무슨 말도 안 되는 소릴 하셔요."

성주는 표정을 살짝 일그러뜨렸다. 나는 멋쩍은 듯 몸을 웅크린 채 아들의 뒤를 묵묵히 따라갔다. 성주가 한강이 잘 보이는 언덕 쪽에 자리를 잡고 트렁크 안에서 꺼낸 짐들을 내려놓았다. 그리곤 마치 신난 어린아이처럼 내게 말했다.

"아버지, 여기서 조금만 기다리세요. 음식 시키고 요 앞에서 돗자리 좀 사 올게요."

"오냐."

나는 어여 다녀오라는 듯 아들에게 손짓했다. 아들은 내가 어디론가 가버릴까 걱정이 되는지 계속해서 뒤를 돌아보며 뛰어갔다. 나는 시야에서 아들이 더 이상 보이지 않을 때까지 그곳을 쳐다보다 한강으로 시선을 돌렸다. 정말 오랜만이었다. 바다는 아니었지만, 출렁이는 물살과 햇빛을 가득 품은 한강의 아름다움은 그야말로 장관이었다. 한강에 처음 와본 것은 아니었다. 20대쯤? 아니, 30대쯤에는 서울에서 잠시 살았기에 자주 보러 오곤 했었다. 그때의 나에게 있어서 한강은 정말 아득하게 깊고 희망이 없는 죽은 강처럼 느껴졌다. 아마 내 삶이 그랬기 때문이었겠지. 무엇 하나 되는 일 없이 꿈도 없고 희망도 없던 시절, 그때는 정말이지 모든 것을 포기하고 이곳에 몸을 던지고 싶었던 적도 많았다. 이렇게 죽을 병에 걸려 아들과 함께 놀러 오게 될 거라곤 그 당시에는 아주 손톱만큼도 상상하지 못했을 일이다. 그때의 내가 지금의 모습을 본다면 뭐라 말할까. "담배 좀 끊지 그랬냐?", "술 좀 적당히 마시지 그랬냐?" 머릿속으로 그 광경을 그려보자, 그 상황이 너무나도 재밌어서 웃음이 나왔다. 그러자, 막 도착한 아들이 아직 숨도 돌리지 못한 채 의아한 표정으로 내게 물었다.

"아버지, 갑자기 왜 웃으세요? 무슨 일 있어요?"

나는 웃음을 서서히 접으며 나지막하게 말했다.

"아니다."

아들은 여전히 의아한 표정을 지은 채 급하게 사 온 돗자리를 바닥에 깔았다. 그리곤 내려놨던 가방을 뒤져 무언가를 꺼내 내려놓기 시작했다. 나는 아들이 가방에서 꺼낸 앨범을 펼쳐 보이며 물었다.

"이건 왜 가져왔냐?"

"아버지랑 보려고 가져왔죠."

아들은 신이 나 해맑은 웃음을 지었다. 앨범의 첫 장을 열어보니 아들의 돌잔치 사진이 있었다. 정말 오래전이었지만, 사진을 보니 그 순간이 거울로 보는 것처럼 또렷하게 기억이 났다. 나는 핏덩이였던 아들과 지금의 아들을 번갈아 보며 장난치듯 말했다.

"어릴 때가 훨씬 이뻤구만."

아들은 장난스럽게 웃었다. 몇 장을 더 넘겨보니 아들과 첫 등산을 했을 때 찍었던 사진이 눈에 들어왔다. 아들이 물었다.

"이 사진, 기억나세요? 이 때 너무 힘들어서 저 기절할 뻔했던 거?"

"기억난다. 젊은 놈이 어찌나 힘들다고 투덜대던지 산 정상에다 버리고 가려다 말았지."

내 말에 성주가 박장대소를 하며 웃었다. 아들과 함께 앨범을 보다 보니 어느새 우리는 추억에 잠겨 마치 그 시절로 돌아간 것처럼 느껴졌다. 어린 아들과 젊은 내가 부드럽게 앨범을 넘기며 웃어댔다. 앨범의 마지막을 펼치니, 아직 미처 채우지 못한 빈 공간이 두 개 있었다. 아들은 그제야 앨범을 잡고 있던 내 손을 붙잡으며 말했다.

"여기 이 빈 장은요, 아버지. 지금 찍으려고요. 카메라 가져왔어요."

"에이, 됐다. 늙어서 꼴 보기 싫다."

"그러지 말고 찍어요, 아버지. 아들 소원이에요."

나는 끈질기게 매달리는 아들 탓에 결국 알겠다며 고개를 끄덕였다. 아들은 정면에 삼각대를 설치하고는 그 위에 카메라를 올려놨다.

"아버지, 준비되셨죠?"

"오냐."

아들은 카메라 버튼을 누르고는 부리나케 달려와 내 옆에 앉았다. 아들이 다급하게 말했다.

"아버지, 손 모양 이렇게 브이 하세요. 브이."

"브이…."

나는 어색하게 아들의 손동작을 따라 해 보았다.

찰칵-

서터 소리가 나자, 나는 손을 내려놓으며 멋쩍은 듯 웃었다. 아들은 카메라 쪽으로 가서 바로 현상되어 나온 사진을 확인했다. 그리곤 그 사진을 들고 내게 돌아오며 말했다.

"이야, 아버지 잘 나오셨네."

"벌써 나왔냐?"

나는 성주가 보여주는 사진 속 내 모습을 확인했다. 형편 없었다. 아들놈은 듬직한 게 아주 늠름한 대장군처럼 보였 다. 나는 한참 동안 사진을 들여다보다 말했다.

"잘 나왔구만. 다 컸다, 내 아들."

"이제 이 사진은…."

아들은 돗자리 한구석에 두었던 앨범을 다시 집어 들었다. 그리곤 방금 찍은 사진을 앨범의 빈 장에 채워 넣으며 말했다.

"어때요? 아버지. 보기 좋죠?"

"응, 그러네."

비어있던 앨범은 남아 있던 공간을 채우니 더욱 완벽한 앨범이 되었다. 나는 흠잡을 데 없는 앨범 대신 흐뭇한 미소를 짓는 아들을 보며 미소 지었다. 그렇게 얼마 있지 않아, 시킨 음식이 왔는지 아들이 전화를 받으며 어디론가 달려갔다. 나는 앨범의 모서리를 만지작거리며 멍하니 아들을 기다렸다. 잠시 후, 아들이 양손으로 무언가를 들고 오며 말했다.

"아버지, 좋아하시는 닭 시켰어요."

아들은 아직 뜨거운 김이 식지 않은 통닭 박스를 내게 보였다.

"밥을 먹지, 이 녀석아."

"오랜만에 이런 거 드서 보는 것도 좋죠, 뭐."

성주는 가방에서 커다란 일회용 접시를 꺼내 그곳에 통닭을 들이부었다. 노릇하게 익은 통닭이 고소한 냄새를 풍겼다. 아들은 일회용 포크로 한 조각을 집어, 내게 건넸다. 좀 전까지만 해도 별생각이 없었으나, 닭 냄새가 식욕을 자극한 건지 갑자기 허기가 느껴졌다. 나는 아들이 건넨 닭 한 조각을 받아 그대로 그것을 입에 넣었다. 부드럽게 익은 살이 아주 맛있었다.

"맛있죠? 이거 오븐에 구운 거라 딱딱하지도 않아요."

"맛있네."

내가 고개를 끄덕이며 대답했다. 아들은 내가 먹는 모습을 보고 나서야 한 조각을 집어 입 안에 넣었다. 나는 아들의 모습을 보며 흐뭇한 표정을 지었다. 사실 나는 닭을 좋아하지 않았다. 아들이 워낙 좋아하기에 자주 먹었을 뿐이었다. 하지만 아들과 함께 이렇게 어딘가에 와서 무언가를 먹을 때는 어떤 음식이든 맛있게 느껴졌다. 소위 말하는, 자식이 먹는 것만 봐도 배부르다는 그런 표현처럼. 식사를 마치고 따뜻한 햇살에 일광욕을 하다 보니 급격하게 졸음이 쏟아졌다. 요새 잠을 못 잔 탓인지 담낭암 탓인지 원인 모를 졸음에 눈꺼풀이 내려앉았다. 조는 내 모습을 본 아들이 가방에서 담요를 꺼내 덮어주며 말했다.

"좀 주무세요, 깨워드릴게요."

여태껏 밖에서 자는 것은 아주 품위 없는 행동이라고 생각해왔지만 뭐, 이제 와서 품위 없는 행동 조금 한다고 해서 뭐라고 할 사람이 있는가. 겨울 끝에서야 느낄 수 있는 포근하고 따뜻한 이런 날, 낮잠을 놓친다면 그 또한 얼마나 안타까운 일인가 하며 스스로 합리화했다. 나는 쏟아지는 졸음에 그대로 몸을 맡긴 채 따뜻한 햇살과 함께 잠에 빠져들었다. 포근한 햇살과 잔잔한 물소리에 나는 더 깊게, 아주 깊게 잠에 빠져들었다.

잠에서 깨어 눈을 떴을 땐, 이미 날은 저물어있었고 어두운 밤을 화려한 조명들이 여기저기 비추고 있었다. 옆을 보니 마침 핸드폰을 하던 아들이 내가 일어난 걸 보며 말했다.

"일어나셨어요?"

"얼마나 잤냐?"

아들은 손목에 찬 시계를 보고는 대답했다.

"한두 시간쯤요. 여섯 시예요."

"집에 가야겠구나."

나는 아직 잠에서 덜 깬 몸을 일으켰다. 간만에 푹 잔 탓인지 몸에 기운이 도는 것이 느껴졌다. 아들이 짐을 챙기는 동안 낮과는 다른 화려한 한강을 보며 중얼거리듯이 말했다.

"서울의 야경은 역시나 멋지구나."

"네?"

"아니다, 가자."

우리는 한강의 야경을 배경 삼아 차로 가기 위해 다시 마포
대교를 걸었다. 낮에 봤던 풍경과는 다른 의미로 아름다웠다.
다리 위에는 그 아름다움을 배경 삼아 많은 연인들이 사진을
찍고 있었다. 그 사이를 지나가다 보니 젊은이들 사이에 껴보
려는 늙은이로 보일까 싶어 살짝 걱정이 되었다. 하지만 그런
걱정은 잠시, 젊은이들을 보고 있자니 지금 다시 젊을 때로
돌아갈 수 있다면 뭐든지 할 수 있을 텐데 하는 부러움이 들
었다. 여태껏 후회 없는 삶을 살았고, 후회하지 말자는 것을
좌우명으로 달고 살았지만 죽을 때가 되어서는 지난 모든 순
간들이 다 후회스러웠다. 후회란 선택에 있는 것이 아니라 지
나가 버린 그 시간에 있다는 것을 너무 늦게 깨달아버린 것 같
아 아쉬웠다. 하지만 누군가 이런 말을 했다.

" '그때로 돌아간다면 그럴 텐데', '내가 너였다면 그럴 텐
데', 이런 말들은 죄다 거짓말이다. 왜냐면 정말로 그 일을
할 사람이라면 어떠한 조건이었어도 그 일을 했을 것이니까."

그래, 아직 시간은 많다. 내가 하고 싶었던 것들, 이루고 싶었던 것들을 지금이라도 하면 되는 것이다. 나는 잠을 잘 잔 탓인지, 담낭암 탓인지 자신감이 마구 샘솟았다. 낚싯줄을 던지면 월척이 잡힐 것만 같은 기분이었다. 그런 생각이 표정에서 드러났는지 집으로 가는 길 내내 아들이 무슨 좋은 생각이 떠올랐냐고 물었다. 나는 아무 일도 아니라며 고개를 저었다. 아들은 나를 집에 데려다주고 돌아가는 길까지 궁금한 표정을 감추지 못했다. 집으로 돌아온 나는 내가 하고 싶었던 일이 무엇인가 곰곰이 생각했다. 어딘가에서 받은 광고가 잔뜩 붙어 있는 메모지를 펴놓고 볼펜을 든 채 계속해서 머릿속을 뒤졌다. 한참을 생각하던 중, 문득 떠오른 기억에 나는 입을 벌리고 몇 초간 멍해 있었다. '왜 그 일을 잊고 있었지? 어릴 적부터 내 꿈이었던 것이었는데…' 나는 메모지 위에 그것을 정자로 적었다. 그리곤 그것을 고이 접어 파카 안쪽 주머니에 귀한 물건을 다루듯 조심스럽게 넣어놓았다. 지폐들처럼 구겨지지 않게, 내 몸처럼 보잘것없어지지 않게. 그렇게 늦은 새벽, 생각은 마친 나는 잠이 들었다. 그 날은 웬일인지 복통에 시달리지 않았다.

다음 날, 나는 서랍 깊숙이 넣어두었던 명함 통을 꺼냈다. 거의 평생을 모은 명함들인지라, 그 양은 상당했다. 나는 어딘가에 있을 명함 하나를 찾기 위해 방바닥을 뒤덮을 정도로 많은 명함들을 풀어 헤쳐놓았다.

'여기 어딘가에 있을 텐데… 어!'

명함을 받았던 기억을 더듬어 한참 동안 그 속을 헤집던 나는 드디어 애타게 찾고 있던 명함을 찾아 집어 들었다. 그건 젊은 시절, 옆집에 살던 영식의 명함이었다. 그 당시에는 옆집과 자주 왕래를 했었는데, 어느 정도 넉넉했던 우리 집 형편에 비해 세 끼를 챙겨 먹기도 힘들었던 그의 집이 너무 안타까워 쌀이니, 반찬이니 도와준 적이 많았다. 그때의 일을 빌미 삼아 이번엔 내가 신세를 좀 져 볼까 하는 마음이었다. 나는 곧장 핸드폰을 집어 명함에 쓰어 있는 전화번호로 전화를 걸었다. 통화음이 들리는 그 1분도 채 되지 않는 시간 동안 '너무 오래간만이라 나를 기억 못하면 어쩌나', '전화번호가 바뀌어버렸으면 어떻게 하나' 하는 걱정이 들었다. 잠

시 후, 내 걱정을 녹이듯 전화기 너머로 익숙했던 목소리가
들려왔다.

"여보세요?"

"여보세요? 거, 영식이 핸드폰이오?"

나는 목소리를 듣고 내가 찾는 사람이 맞다는 걸 알고 있
었지만, 예의상 그에게 물었다. 그는 내 목소리를 기억하지
못하는 듯 잠시 뜸을 들이곤 조심스럽게 되물었다.

"누구시오?"

"나야, 충길이. 자네 옆집 살던…."

영식은 내 이름을 듣고 나서야 "아" 하는 탄성 소리를 냈
다. 오랜만인 목소리에 반가웠던 우리는 용건도 뒤로 미룬
채, 한참 동안이나 전화기를 붙잡고 소식을 주고받았다. 늙

은이들답지 않게 참 많은 말들이 오갔다. 그동안 어떻게 지냈는지, 지금은 어디 살고 있는지. 하지만 마지막에는 결국 서로의 아들 얘기로 대화가 끝이 났다. 영식이 말했다.

"그런데 웬일인가? 이렇게 담소나 나누자고 오랜만에 자네가 연락했을 리는 없고…"

"눈치 한 번 빠르구만. 그래, 내 부탁이 하나 있어서 연락했네."

내 목소리가 사뭇 진지했는지, 영식이 잠시 뜸을 들이곤 나지막한 목소리로 물었다.

"그게 뭔가?"

"그게, 전화로는 얘기하기 좀 그렇고. 이따 세 시쯤 시간 어떤가?"

나는 차마 전화로 암에 걸렸다고 얘기할 순 없었다. 너무 비참해 보이지 않은가. 영식은 갑작스러운 제안에도 선뜻 승낙을 하여 오후쯤 그를 만날 약속을 잡을 수 있었다. 영식은 다행히 그다지 멀지 않은 곳에 살고 있어, 만날 곳을 정하는 건 그리 어렵지 않았다. 아직도 전에 살던 동네에서 그다지 멀리 가지 않았다는 얘기를 듣고는 역시 영식답다는 생각이 들었다. 나는 간단하게 점심을 차려 먹고 그를 만나기 위한 채비를 시작했다. 오랜만에 옛 친구를 만난다는 생각에 들뜨기도 했지만, 그에게 어떻게 말을 해야 할지 막막하기도 했다. 어찌할 바를 알 수 없는 걱정들을 뒤로 한 채, 평소와는 다르게 양복을 입고 집을 나섰다.

"이야. 오랜만이구만, 자네. 어째 더 늙어 부렀어?"

"허허, 자네도 늙었구만, 무슨 소릴."

카페에서 만난 영식은 사실 예전 그대로의 모습이라 조금 놀랐다. 마치 시간 여행이라도 한 사람마냥 늙은 티가 나지 않는 그를 보고 대단하다 한마디 하고 싶었지만, 뭔가 그건 나의 자존심이 허락하지 않아 묻어두기로 했다. 나는 영식이 자리에 앉자, 아낙네들처럼 수다를 떨고 싶은 생각이 들었지만, 전화를 오랫동안 한 탓에 더 수다를 떨 얘깃거리가 없었다. 또한 영식에게 할 부탁을 미루고 싶지도 않았다. 나는 나지막한 목소리로 입을 뗐다.

"지금부터 내가 얘기하는 거 잘 들어주게. 사실 나, 담낭암 말기 판정을 받았어. 빠르면 3개월 늦으면 5개월이라더군. 그동안 아들내미랑 이것저것 해보고, 나 혼자 여기저기 왔다 갔다 하면서 재밌게도 놀아보기도 하고 사실 벌써 내 땅도 내가 죽거든 아들내미 앞으로 돌아가게 해놨다네. 이제 내가 할 일은 다 했다 이 말이지. 그런데, 곰곰이 생각해보니까 이게 영 재미가 없어. 뭐 하나 거창하게 해봐야겠다 싶어서 머리를 한참 동안 굴리다가 드디어 생각이 난 거지."

영식은 내 말에 다양한 표정을 지었다. 만감이 교차하는 표정이었지만, 내가 잠시 숨을 고르고 커피를 한 모금 마시자, 이번엔 잔뜩 긴장한 표정으로 물었다.

"그게 뭔가?"

나는 그 표정이 우스워 일부러 더 뜸을 들이며 말했다. 애타는 듯 궁금해 하는 그 표정이 아주 재미있었다. 나는 마른 입술에 침을 한 번 바르고는 다시 말을 이었다.

"집일세. 그, 옛날에도 내가 한 번 얘기하지 않았나? 어릴 때부터 내가 그리던 집 하나 가져보는 게 꿈이라고. 뭐, 이제 와서 내가 살 집을 만드는 건 아니고. 아들한테 마지막으로 선물하려는 걸세."

"거, 참."

영식은 무언가 실망한 듯한 표정을 지으며 혀를 내찼다. 그는 잠시 턱을 손으로 괴고 생각에 잠긴 듯 멍하니 창가를 바라보았다. 나는 그의 눈치를 살피며 남은 커피를 계속해서 마서댔다. 한참을 생각하던 영식은 나를 보며 화가 난 표정으로 말했다.

"그래서 나를 찾아온 건가? 죽을 때가 돼서 집이나 한 채 만들어달라고, 이 사람아?"

"미안하네."

그의 말에 나는 잘못한 학생처럼 고개를 떨구고 가벼운 한숨을 내쉬었다. 그 모습을 본 영식은 테이블을 탁 치며 일어났다. 그리곤 비장한 표정으로 말했다.

"얼른 가세."

"뭐?"

"아, 거 시간 없다며. 집이 무슨 장난감 조립하는 것처럼 뚝딱 만들어지는 줄 아나?"

영식은 그렇게 말하고는 남은 커피를 한 번에 마시고 카페를 나갔다. 나는 미안함과 고마움이 동시에 밀려들어 잠시 동안 그의 뒷모습을 바라보다 남은 커피를 입에 갖다 댔다. 물론 미안한 마음이 더 컸지만 젊은 시절에는 내가 영식에게 쌀이며, 옷이며 갖다 준 적이 한두 번이 아니다. 무엇보다 이미 죽을 마당에 아무려면 어떤가 하는 생각이 들어, 잘못이라도 한 듯 숙연해졌던 마음을 억눌렀다. 영식을 따라 그의 차에 올라타니 그가 안전 벨트를 매며 말했다.

"이제 나는 은퇴했어. 아들한테로 가야 해. 내가 최대한 자네가 원하는 대로 설계해 볼 테니까, 걱정 붙들어 매게. 그때, 내가 농담 식으로 자네 집 만들어주겠다고 했었는데. 거참, 현실이 될 줄이야."

"고맙네, 영식이."

차에 시동이 걸렸고, 나는 선생님 차에 올라탄 초등학생마냥 두 손을 다소곳하게 모으고는 멍하니 창밖을 쳐다보았다. 요즘 들어서 멍하니 창밖을 바라보는 일이 많아졌는데, 특히 차에 탈 때면 더욱 그랬다. 다시는 볼 수 없을 이 풍경들을 조금이라도 더 눈에 담고 싶은 걸까. 차가 출발하고 얼마 지나지 않아, 영식은 시내 한구석에 있는 건물 앞에 차를 멈춰 세웠다. 간판도 없었고, 사무실이라 하기엔 뭔가 부족해 보이는 빌라처럼 생긴 건물이었다. 순간, 내가 잘못된 판단을 내린 건 아닌가 싶은 생각이 스치듯이 들었다. 영식을 따라 건물 안쪽으로 들어가니 그 안에는 겉과 다른 제법 사무실처럼 생긴 곳이 있었다. 그것을 보고 나니 안심이 되었다. 문을 열고 안으로 들어서니 '기왓집엔터테인먼트'라는 큰 글씨가 가장 먼저 눈에 들어왔다. 들어서자마자 카운터 쪽에 앉아있던 여직원이 영식을 보고는 놀란 눈으로 깍듯하게 인사를 했다. 그 모습을 보니, 영식이 마치 재벌이 된 것처럼 대단하게 느껴졌다. 사무실은 건물 밖에서는 생각도 못 할 만큼 깔끔하고 세련된 디자인이었는데, 그 모습이 신기해서 두리번거리며 이곳저곳을 구경했다. 사무실은 몇몇 공간으로 나뉘어 있었는데, 가장 끝쪽에는 문이 닫힌 채 '사무실'이라는 푯말이 걸려 있었다. 영식은 나를 그곳으로 안내했다.

문을 열고 들어선 곳은 마치 드라마 속에서 보던 사장실 같았다. 그걸 보니 드라마 속으로 들어온 것 같은 기분이 들었다. 안에 있던 한 청년은 의자에 앉은 채 핸드폰을 이리저리 만지고 있었는데, 갑작스럽게 나타난 영식의 얼굴을 보더니 살짝 놀란 표정을 지으며 말했다.

"아버지, 웬일이세요?"

"인사드려라, 옛날에 우리 옆집에 살던 충길이 아저씨 알지?"

청년은 아직도 나를 기억하는지, 영식의 말에 깜짝 놀라 자세를 낮추며 내게 다가왔다. 어릴 적 얼굴이 얼핏 남아 있었지만 세월이 너무 변해, 영식의 아들이란 말을 듣지 않았다면 모르는 사람이라고 생각했을 수도 있을 것 같았다.

"아저씨! 안녕하세요. 저, 기억나시죠? 맨날 성주랑 장난치다가 혼나고 그랬었는데."

"당연히 기억하지. 이야. 종원이 너, 몰라보게 컸다."

종원은 내 말에 쑥스러운 듯 머리를 긁적였다. 그는 나와 영식을 의자로 안내하고는 카운터에 있던 여직원에게 커피를 가져오라고 말했다. 항상 옷에 코를 묻히고 다니던 어린 종원은 이제는 제법 어른티가 나는 사람이 되어 있었다. 그는 내게 이것저것을 물어봤지만, 성주에 대한 이야기가 가장 많았다. 영식은 나와 종원이 간단한 대화를 마치자, 나지막한 목소리로 분위기를 잡으며 말했다.

"그, 충길이 아저씨가 몸이 좀 안 좋다. 한 네다섯 달 뿐이 안 남았다는데, 집을 한 채 짓고 싶댄다. 성주한테 물려줄 집 말이다."

영식의 말에 방금 전까지만 해도 웃고 있던 종원의 표정이 금세 굳어버렸다. 그는 입을 다물지 못한 채 내게로 시선을 돌렸다. 나는 애써 밝은 표정을 지어보려 했지만 그게 생각처럼 쉽지가 않았다. 종원은 심각한 표정으로 턱을 손에 괸 채 창가로 시선을 옮겼다. 그 모습이 영식을 꼭 닮았다고 생각했다. 좁은 방, 세 사람의 한숨이 번갈아 들리는 침묵 속에서 종원이 조심스럽게 입을 뗐다.

"최선을 다해볼게요, 아저씨."

그의 말에 나는 자연스럽게 미소가 지어졌다. 나는 가볍게 고개를 끄덕이고는 종원의 손을 잡으며 말했다.

"고맙다, 종원아."

종원은 금방이라도 눈물이 터져 나올 것만 같은 표정을 지었다. 영식은 늘 감정을 절제하지 못하는 성격이었는데, 종원이 그것을 쏙 빼닮은 듯했다. 우리 셋은 더 이상 아무런 말도 하지 않았지만, 그 속에 미안함과 고마움, 그리고 슬픔과 기쁨이 흘렀다. 그렇게 나는 종원과 영식에게 세상을 떠나기 전, 아들에게 해줄 수 있는 마지막 선물을 부탁한 채 집으로 돌아왔다. 집으로 데려다주겠다는 영식의 말을 기어

이 거절하고는 버스를 탔다. 갑작스레 찾아와서 집을 만들어 달라고 한 것도 미안한데, 그 이상으로 미안한 일을 만들고 싶지 않았다. 집에 돌아와 지쳐버린 몸을 그대로 바닥에 던졌다. 추위에 몸은 얼어붙었고, 오래 걸어서 발바닥은 껍질이 나가떨어진 것처럼 아파 왔지만, 그동안 답답했던 속이 시원하게 뚫린 기분이었다. 집에 돌아왔을 때 이렇게 기분 좋은 적이 언제였던가? 내 꿈이자, 아들에게 주는 선물. 그동안 살아오며 하고 싶었지만 못했던 것들을 한꺼번에 다 해치운 것 같았다. 마음이 편안한 탓인지 잠자리에 역시 아주 편안했다. 그 날은 신께서도 나에게 행복을 허락하셨는지 배가 아프지도, 몸에 다른 이상이 있지도 않았다. 이불 속은 부드러운 어머니의 품 같았고, 머리는 천사의 노래를 듣고 있는 것 마냥 편안했다.

늘 지옥 같던 밤이 그렇게 편안하게 흘렀다.

- 이 주일 후 -

아침 일찍 아들이 집으로 찾아왔다. 벌써 월요일인가? 시간이 어찌 지나가는지도 모르는 채 이 주일이 흘렀다. 건물 디자인을 하는 것부터 터를 잡는 것까지 영식과 같이 했는데, 이게 보통 일이 아니었다. 젊을 때와는 다르게, 아니 목장을 관리하는 것과도 다르게 힘들었다. 복통은 그럭저럭 참을 만했지만, 이제는 밤마다 내장이 굳어버리는 것 같은 고통이 찾아와 도저히 잠을 잘 수 없었다. 하지만 마음만은 편했다. 이것만 끝나면 이제 편히 쉴 수 있다는 생각, 하나 남은 이 숙제만 끝나면 자유롭게 쉴 수 있다는 생각때문이었다. 초췌해진 내 얼굴을 본 아들이 걱정스러운 표정으로 물었다.

"아버지, 일어날 수 있으시겠어요?"

나는 대답 대신에 가볍게 고개를 끄덕이며 몸을 일으켰다. 아들의 부축을 받으며 차에 올라타니 히터에서는 뜨거운 바람이 넘치도록 흘러나왔다. 나는 아들에게 밥은 먹었냐는 말로 오늘의 첫 마디를 뗐다. 병원으로 가는 동안 아들에게 이것저것을 물어보며 대화를 걸자, 아들이 살짝 미소를 띠며 말했다.

"아버지, 평소보다 대화도 잘하시고, 활기차 보이시네. 아까는 힘들어 보이셔서 걱정했는데."

"그러냐?"

아들의 말에 나는 무언가 숨기고 있는 아이처럼 의미심장한 미소를 지었다. 그런 내 모습에 아들은 웃으면서 뭐냐고 내 대답을 재촉했다. 나는 아들의 질문을 무시한 채 창가로 보이는 한강으로 시선을 옮겼다. 하늘이 조금 어두웠지만, 한강은 여전히 아름답게 흘렀다. 그 위에 내 몸을 누이면 내가 원하는 어디든 데려다줄 것처럼. 병원에 들러 평소와 다를 것 없이 항암 치료를 받고 나왔다. 출입문 앞에 사람들이 모여 웅성웅성거리고 있길래, 무슨 일인가 했더니 하늘에서 비가 떨어지고 있었다. 아들은 그칠 줄 모르고 쏟아지는 비를 보며 내게 말했다.

"아버지, 여기서 조금만 기다리셔요. 차에 우산 있으니까 가지고 올게요."

"오냐. 조심해서 갔다 와라."

뛰어가는 아들의 뒤에다 대고 내가 말했다. 나는 대기실 의자에 잠깐 앉아 내리는 비를 쳐다보았다. 나는 유난히 비를 싫어했는데, 그 이유는 한결같았다. 어머니가 비가 오는 날 돌아가셨고, 아끼던 친구 녀석이 사고를 당해 세상을 뜬 것도 비가 오는 날이었기 때문이다. 젊은 시절에는 비가 죽음을 상징하는 것만 같아서 비만 내리면 안 좋은 일이 생길까 봐 늘 노심초사했던 기억이 난다. 물론, 언제부턴가 아무 의미도 없다는 것을 받아들이게 됐지만. 떨어지는 비를 보며 추억을 회상하고 있자, 어딘가에서(아마도 병원 안에 있는 커피 가게에서) 김광석의 '사랑했지만'이 흘러나왔다.

"젊은 시절에는 비가 오면 저 노래를 빼놓지 않고 들었었는데…."

혼자 그 시절을 떠올리다 문득 생각난 말이 입 밖으로 튀어나왔다.

"내가 만약 그쪽에 가게 되면 내 앞에서 저 노래 한 번만 들려주시오."

내 말소리가 제법 컸는지 주변에 앉아있던 노인들이 일제히 나를 향해 눈을 돌렸다. 순간 멋쩍어진 나는 헛기침을 해댔다. 아주 어색한 순간이었다. 그때, 뒤에 앉아있던 노인이 내 어깨에 손을 올리며 말했다.

"너무 일찍 가면 미워서 안 들려줄지도 모르니, 천천히 가시오."

그 말을 들은 노인들이 작게 미소를 지으며 고개를 끄덕였다. 나 역시 뒤에 앉은 노인에게 작게 미소 지으며 고개를 끄덕였다. 잠시 후, 성주가 우산을 손에 든 채 병원 안을 이리저리 살피다 내가 앉은 의자 쪽으로 걸어왔다. 옷이 제법 젖은 것을 보고는 괜찮냐고 물어보려 했지만, 의미 없는 말인 것 같아 그만두기로 했다.

"가요, 아버지."

"그래."

나는 아들의 부축을 받으며 고인 비를 밟고 차로 향했다. 우리는 평소와 같이 차를 주차시켜 놓고 근처 국밥집에서 끼니를 때우기로 했다. 가게 안으로 들어서자 우렁찬 목소리의 가게 주인이 반갑게 우리를 맞았다. 자주 가서 그런지 이제는 가게 직원들이 우리를 제법 알아보는 눈치였다. 서빙을 하던 어린 여직원이 우리를 늘 앉는 창가 쪽으로 안내했다. 나는 목소리를 가다듬었다.

"늘 드시던 걸로 갖다 드릴까요?"

"예."

나는 주문을 받고 돌아서는 여직원을 불렀다. 여직원은 멈춰서 당황스러운 표정으로 내 쪽을 쳐다보았다. 나는 부드러운 목소리로 말했다.

"고마워요."

내 말에 그제야 얼었던 여직원이 한가득 미소를 품고는 가볍게 고개를 끄덕였다. 내 행동에 아들도 적잖이 당황했는지 헛기침을 한 번 하더니 조심스럽게 물었다.

"웬일이세요, 아버지?"

"뭐가 웬일이야, 녀석아."

나는 아무 일도 없었다는 듯 밑반찬으로 나온 무생채를 집어 입에 넣었다. 여전히 당황한 기색을 감추지 못한 아들은 무언가 내게 묻고 싶은 표정이었지만, 이내 포기했는지 더 이상 아무런 질문도 하지 않았다. 가볍게 식사를 끝내고, 집으로 돌아오는 차 안에서 아들이 어디 가고 싶은 곳이 있는지 물었다. 사실 가보고 싶은 곳이 있었지만, 비가 너무 많이 오는 터라 오늘은 포기해야겠다 싶어 고개를 저었다. 일찍 아들을 보내고 집으로 돌아오자, 하루 치 피곤이 몰려들었다. 최근 몇 달 동안 평소보다 훨씬 더 많이 움직이고, 더 많이 생각을 한 탓인지 항상 몸이 피곤에 절어 있었다. 물론 암이 진행돼서 몸이 약해진 탓도 있겠지만. 나는 이불을 덮고 내리는 빗소리를 음악 삼아 잠을 청했다. 아직 오후 2시를 조금 넘긴 시간이었지만, 몸에서 서서히 힘이 빠지고 아주 깊은 잠에 빠져드는 게 느껴졌다. 그렇게 잠이 들고 얼마 지나지 않아, 희미하게 정신이 들었다. 주위를 둘러보니 밖은 어두웠고, 문밖에 누군가 앉아있는 듯 얼핏 실루엣이 보였다. 순간 도둑인가 하는 생각에 덜컥 겁이 났지만, 나는 힘을 내 목소리를 냈다.

"누구요?"

그 순간, 문이 열리고 낯익은 누군가 내게 말을 건넸다. 그는 싱글벙글 웃고 있었다.

"일어났나?"

나는 눈앞의 그를 보고는 소스라치게 놀랄 수밖에 없었다. 그 모습은 분명히 나였다. 그것도 젊은 시절의 내 모습. 분명 꿈이겠지 하는 생각에 다시 눈을 감으려던 순간, 젊은 모습의 내가 말했다.

"애써 찾아왔는데, 말 한마디 안 섞고 가버리나?"

그의 말에 나는 감았던 눈을 다시 뜨고는 대답했다.

"내가 진짜 죽을 때가 됐나 보구만."

"그렇게 생각 말아. 섭섭하니까."

젊은 나는 정말로 서운한 표정을 지으며 말했다. 이 상황이 너무 우스워 헛웃음이 나왔지만, 이왕 이렇게 된 거 억지로 꿈에서 깨려고 노력하지는 않기로 했다. 나는 이부자리에 누운 채 그대로 젊은 나를 자세히 쳐다보았다. 내가 나를 본다는 게 참 미묘하고 이상한 기분이 들었다. 젊은 나는 의미심장한 미소를 띠며 물었다.

"어때? 잘 살았나?"

그의 말에 나는 조금도 망설이지 않고 고개를 끄덕였다. 그 모습에 젊은 내가 뿌듯해하는 표정을 지어 보였다.

"잘됐네. 기억할지 모르겠는데, 자네가 젊었을 때부터 늘 생각하던 게 있었다고."

나는 그것이 무엇인지 묻기 위해 입을 열려고 했지만, 갑자기 말이 나오질 않았다. 하지만 젊은 나는 내 생각을 읽기라도 한 듯 말을 이어갔다.

"만약에 죽기 직전에 후회할만한 일이 있으면 어쩌나 하고 말이야. 책에서도 자주 나오잖아. 죽기 직전에 후회하면서 죽는 사람들. 그런 사람이 되면 어쩌나 하고 늘 걱정했단 말이지."

젊은 나의 말을 듣고 나니 그제야 떠올랐다. 젊은 시절의 내가 늘 그런 생각을 했던 것이. 항상 선택의 기로에 서면 '이 일을 죽기 직전에 안 떠올릴 자신이 있나?'하고 마음속으로 생각하곤 했었던 것 같다. 언제부턴가 그런 생각을 하지 않아도 판단할 수 있게 됐지만. 젊은 나의 말을 듣고 잠시 생각에 빠져 있자, 그가 자리에서 일어나며 말했다.

"고맙네. 그거 물어보려고 왔는데, 대답해줘서."

젊은 모습의 나는 그렇게 말하고는 검은색 우산을 쓴 채 내리는 빗속으로 서서히 사라져 갔다. 그 뒷모습에다가 대고 계속해서 소리쳤지만, 목소리는 나오질 않았다. 거의 울부짖듯 외치다가 드디어 목소리가 입 밖으로 튀어오는 순간, 나는 캄캄해진 하늘을 보며 잠에서 깨어났다. 시간을 보니 저녁 8시가 넘어가고 있었다. 꿈에서 깨고는 재밌는 꿈을 꿨다고 좋아해야 하는지, 죽을 때가 돼서 희한한 꿈을 꿨다고 슬퍼해야 하는지 모르겠어서 기분이 언짢았다. 계속해서 헛웃음만 나왔다. 그러다 어처구니가 없어 다시 이부자리에 누워 잠을 청했다. 다행히 그 날은 복통이 그리 심하지 않았다. 잠이 오진 않았지만 밤을 새우는 게 조금은 견딜 만하게 느껴졌다.

영식에게 집을 부탁하고 한 달쯤 지났다. 영식은 나를 위해 조금이라도 빠르게 건물을 짓기 위해 노력해주었다. 안 받겠다는 영식의 말을 무시한 채 모아뒀던 돈과 지금의 집을 담보로 주어서 인부들을 넉넉히 썼는데, 그 덕도 있을 것이다. 뭐, 어찌 되었든 간에 집은 벌써 틀이 잡혔고, 처음에는 전혀 알아볼 수 없던 설계도도 이제는 알아볼 수 있을 정도가 되었다. 버스를 타고 종원의 사무실에 도착하자, 예쁜 미소를 가진 여직원이 반갑게 나를 맞이했다.

"오늘은 일찍 오셨네요, 사장님."

"허허, 그 사장님 소리 좀 안 하면 안 되겠소? 병든 노인네가 사장은 무슨."

"에이, 사장님 친구분이신데, 당연히 사장님이라 불러야죠."

처음에는 길게 올라간 눈매 때문에 다가가기 힘든 인상이었던 여직원과 어느덧 가벼운 농담을 주고받을 만큼 친해져 있었다. 어쩌면 영식이 나에게 깍듯하게 대하라고 강요했을지도 모르는 일이다. 하지만 일이 어찌 되었건 상관은 없었다. 나는 기분 좋은 미소를 지으며 종원이 있는 사무실로 들어갔다. 문을 열자마자, 종원이 기다렸다는 듯 나를 맞이했다.

"아저씨, 오셨어요? 마침 집 완성도 나왔는데, 한 번 보세요."

마치 나를 아버지 대하듯 깍듯이 대하는 종원이 손에 들고 있던 종이들을 내게 건넸다. 나는 연신 고맙다는 말을 하며 그 종이들을 받아들었다. 종원이 나를 자리에 앉히고 커피를 내오며 말했다.

"그 첫 장의 그림이 집 완성도에요. 최대한 실제 완성될 집처럼 만들어봤는데, 아마 완공되고 나면 어느 정도 비슷할 거예요."

종원은 신이 난 것처럼 보였다. 나는 종원이 가리키는 사진을 보며 고개를 끄덕였다. 정말 아름다운 집이었다. 파란 지붕과 하얀 집. 그 집에 살게 된다면 뭔가 외국에 살고 있다는 느낌이 들지 않을까 하고 생각했다. 한참 동안이나 말 없이 그 사진을 보고 있자니, 나도 모르게 눈가에 눈물이 글썽였다. 눈시울이 붉어지고 나서야 여태껏 다물고 있던 입을 열었다.

"그래, 그래. 정말 너무 아름답구나. 내가 바라던 그 집이
야."

종원도 내 모습에 덩달아 목이 메는지, 잠시 몸을 돌려 헛
기침을 해댔다. 그때, 영식이 잔뜩 신이 난 표정으로 사무실
로 들어왔다. 영식은 나와 종원을 번갈아 보고는 잠시 당황
한 듯 어리둥절한 표정을 지었다. 하지만 이내 표정을 가다
듬고 내 옆에 앉으며 내가 들고 있던 종이를 가리키며 말했
다.

"어때, 괜찮지? 자네가 말하던 거랑 똑같지? 내가 젊었을
때, 자네가 해준 얘기들 다 기억하고 있었다고."

나는 나보다 더 기뻐하는 영식의 손을 꼭 잡으며 고개를
끄덕였다. 영식의 말을 들으니 참아왔던 눈물이 주체할 수
없이 떨어졌다. 이 나이 먹고 눈물을 흘리다니, 이런 주책이

다 있나. 손으로 계속해서 눈물을 훔쳐보았지만, 지붕 끝에 고이는 빗물처럼 눈물은 계속해서 흘러 뺨을 타고 바닥으로 떨어졌다. 그 집이 마치 내 인생인 것처럼, 내가 살아왔던 그 찰나 같은 순간처럼 느껴졌다. 내 인생의 결과물. 그래, 그것만큼 지금 내 감정을 가장 잘 표현한 말은 없을 것이다. 나를 보던 영식도 덩달아 눈시울이 붉어졌지만, 그는 억지로 목을 가다듬으며 말했다.

"이러고 있지 말고, 현장에 가보세. 자네 집, 보러 가야지."

"터도 잡았나?"

"그럼! 자네가 좋아할 걸세. 종원아, 어서 가자."

우리는 설레는 발걸음을 힘차게 내딛으며 현장으로 향했다. 차를 타고 가는 내내 얼마나 떨리던지, 청심환이라도 하나 먹어야 하는 것 아닌가 하는 생각이 들 정도였다. 현장까지의 거리는 차를 타고 30분이 채 되지 않았지만, 마치 반나

절은 가는 것처럼 느껴져 발을 동동 굴렀다. 마침내, 현장에 도착한 나는 그곳을 보자마자 "아" 하는 탄성을 내뱉었다. 종원은 나를 현장에 있는 사무실로 안내하며 이곳에 대한 설명을 시작했다.

"아저씨가 나쁜 집터만 아니면 된다고 하셨는데, 제가 또 누굽니까. 기왓집건설, 김종원 아닙니까? 하하. 보시다시피 이층집인데, 2층 베란다에서 내려다보면 멀리는 저기 있는 숲, 보이시죠? 숲이 쫘악 보이고, 1층에서 2층으로 올라가는 계단 사이에 있는 창문으로 보면 전방에 있는 호수, 저기 저 호수, 보이시죠?"

종원이 집이 지어지고 있는 곳에서 한 100미터쯤 떨어진 곳에 있는 작은 호수를 가리켰다. 사실 호수라기보단 커다란 물웅덩이라고 하는 게 맞을지도 모른다고 생각했다. 아, 물론 보기에는 아주 좋았다.

"저게, 저게 또, 한국에서는 정말 보기 드문 곳이에요. 약

수터 물이 흘러서 내려오는 곳이라는데, 이 집터 구한다고 계약자들 거래 끊고, 먼저 자리 잡은 분들 만나서 부탁하고 정말 어찌나 고생했는지 몰라요, 아저씨. 여기에 살면 말이 죠. 성주가 공부한다고 머리 터지고, 직장에서 스트레스받는다고 머리 터지고, 그러다가도 창문 한 번 내다보면 스트레스가 팍! 하고 사라질 거예요. 어떠세요, 아저씨? 마음에 드세요?"

종원은 자랑스러운 듯 자신감 있는 표정을 지으며 내게 물었다. 그 표정이 너무 자만스러워 보여 장난을 조금 쳐주고 싶기도 했지만, 그곳은 감탄을 감출 수 없을 만큼 마음에 드는 곳이었다. 이 집터를 구하려고 얼마나 노력했을까 생각을 하니 고마움이 넘쳐 종원의 손을 꼬옥 잡았다.

"고맙다, 종원아. 정말, 고맙다. 내 미신을 믿는 사람은 아니지만, 내가 죽어서 너한테 나쁜 일이 생기려거든 온몸을 다해서 막아줄 테다. 고맙다."

"아저씨, 그런 말씀 마세요. 예전에 아저씨한테 받은 거 생각하면 더 해드려도 모자라요."

종원은 그렇게 말하고는 조금 슬픈 표정을 지었다. 나는 그래도 고맙다며 연신 고개를 숙였다. 종원이 슬픈 표정으로 어찌할 바를 모르고 있자, 영식이 그를 사무실로 보냈다. 영식과 둘이 남자, 그가 눈치를 슬슬 살피더니 나를 어디론가 끌고 가기 시작했다. 갑자기 어디로 데려가는 거냐고 물어봐도 그는 따라오라는 말만 해대며 연신 걸음을 재촉할 뿐이었다. 그렇게 이유도 모른 채 걷기를 10분쯤, 영식이 걸음을 멈추며 가쁜 숨을 내쉬었다. 그가 걸음을 멈춘 곳은 작은 호수가 정면으로 보이는 오두막처럼 보이는 나무판자 쉼터였다. 영식은 뒤를 돌아 나를 보며 웃음을 보이며 말했다.

"여기일세."

"여기서 무얼 하자고?"

"거 참, 기다려보라니까."

영식은 의아한 표정을 짓는 나를 그곳에 앉혀놓고는 어디론가 가버리더니, 잠시 뒤에 검은 봉지를 하나 들고 다시 나타났다.

"그게 뭔가?"

"뭐긴 뭐야. 약주지."

그는 천진난만한 얼굴로 봉지에서 제법 값이 나가 보이는 술과 일회용 팩에 담긴 두부, 그리고 김치를 꺼냈다. 나는 그 광경이 너무 웃겨서 나도 모르게 웃음을 터뜨리고 말았다.

"하하하하하. 자네, 여전하구만."

"내 의사한테 물어보니, 이 정도 먹는다고 해서 뭐 달라지는 거 없다더군. 언제 또 이런 날이 오겠나? 간단하게 한잔하세."

"그래, 또 성의를 무시할 수가 있나."

나는 작은 종이컵을 들고는 영식이 따라주는 술을 받았다. 그렇게 우리는 한 잔, 두 잔 목구멍 안으로 술을 부어댔다. 역시나 비싼 술이어서 그런지 부드러운 맛에 아주 기분 좋게 취할 수 있었다. 그가 사 온 안주는 이 풍경을 바라보며 술 한잔하기에 가장 좋은 안주였다. 맛있는 안주와 좋은 풍경, 그리고 좋은 벗과 함께 하다 보니 가득 찼던 술이 어느새 병만 남아 가벼워졌다. 빈 술병을 한 번 들어보던 영식이 그것을 내려놓고는 깊은 한숨을 내쉬었다. 그가 나지막한 목소리로 물었다.

"어떻나?"

"뭐가?"

"아, 자네 말이야."

그의 말에 나는 말없이 종이컵에 담긴 마지막 술을 목에
다 들이부었다. 영식이 어떤 말을 하는지 알고 있었다. 하지
만 꿈속에서 젊은 모습의 내가 물었을 때처럼 곧장 대답할
말이 생각나지 않았다. 나는 그렇게 한참이나 멍하니 영식이
바라보는 곳을 보다가 조심스럽게 입을 뗐다.

"좋지."

"정말인가?"

"아 그럼, 좋고말고. 내가 오늘 아침에 성주한테 전화를 한
통 받았는데, 뭐라 그러는 줄 아나? 우리 아들이 드디어 교
수가 됐다네. 아, 맨날 우리 아들 나쁜 놈 될까 싶어 조마조
마하며 키웠는데 글쎄, 교수가 됐대. 담낭암 때문이 아니라
아들놈 때문에 좋아서 죽을 뻔했지, 뭐야? 후, 이제 여한이
없어. 안 그런가?"

내 말에 영식은 입을 벌리고 웃으며 말했다.

"그렇겠네. 아들도 성공했겠다, 자네, 그토록 원하던 집도 지었겠다. 정말 멋지게 살다가는구만. 성공했어, 김충길이. 허허허."

"그렇지?"

그의 말에 나도 따라 푼수처럼 웃어댔다. 어찌나 크게 웃었는지 반대편에 있던 인부들이 듣지는 않을까 하는 생각이 들 정도였다. 하지만 웃음은 곧 슬픔이 되어 자유롭던 나를 다시 바닥으로 자빠뜨렸다. 입맛을 한 번 다시고는 내가 말했다.

"그런데, 말이야. 영식이."

"응?"

술 때문인지 담낭암 탓인지 자꾸만 숨이 차, 나는 깊은숨을 한 번 들이 내쉬고 다시 말을 이었다.

"살고 싶어, 사실."

"…"

내 말에 영식은 아무런 대답도 하지 않은 채 고개를 숙였다. 나는 영식에게 아니 어쩌면, 나 자신에게 말했다.

"몸도 점점 아파 오고 할 일도 그다지 없는데 말이야. 조금만, 정말 아주 조금만 더 살고 싶어."

어느새, 내 뺨에는 눈물이 흐르고 있었다. 나는 손바닥으로 그것을 닦으며 말했다.

"요즘 참, 꼴사납게 왜 이렇게 눈물이 나는지. 담낭암 탓인가? 그런가? 허허."

"그래, 담낭암 탓이야. 암, 담낭암 탓이지, 뭐. 하하하하."

영식은 나의 등을 토닥였다. 그는 눈물을 흘리면서도 애써 미소를 지어 보이기 위해 안간힘을 썼다. 나는 그런 영식의 손을 붙잡고 몸을 일으켰다.

"이제 그만, 가세."

"그러세."

우리는 현장으로 다시 돌아가는 길에 아무런 대화도 나누지 않았다. 아니, 나눌 필요가 없었다. 며칠 전, 비가 와 젖은 흙길에 신발이 부딪히는 마찰 소리만이 귓가에 들려왔는데, 그 소리만 들리는 것이 정말로 기분이 좋았다. 아주 좋았다. 그렇게 서로의 어깨를 부축한 채 다시 종원의 차가 있는 곳으로 돌아오자, 차 근처를 어슬렁거리던 종원이 우리를 보고는 달려왔다.

"아이, 아버지. 어디 계셨어요?"

"근처에 있었다. 가자, 이제."

영식은 더는 아무런 말도 하지 않고, 그대로 차에다가 몸
을 실었다. 종원은 영식의 행동에 의아해하는 표정을 지었지
만, 그다지 신경 쓰이진 않았는지 곧장 나를 데리고 차에 올
라탔다. 그동안 제대로 잠을 못 잤는지 영식은 차에 올라타
자마자 잠들어버렸다. 차가 시동 소리를 요란하게 울리고,
창가로 세상이 세월처럼 지나가자, 나는 또다시 달리는 창밖
을 멍하니 바라보았다. 아무런 생각도 들지 않았다. 그냥 그
래도 될 것 같았다. 하지만 종원은 차 안에 뭔가 어색한 침
묵이 돈다고 생각했는지, 내게 조심스럽게 말을 건넸다.

"아저씨, 괜찮으세요?"

"응? 뭐가 말이냐?"

"아, 그게… 그…."
종원은 말을 얼버무렸다. 나는 그가 무슨 말을 하고 싶은

지 알고 있었다. 내가 먼저 종원의 말을 자르며 말했다.

"곧 죽을 텐데 기분이 어떠냐, 그 말이지?"

종원은 자기가 말실수를 했다고 생각했는지 입을 굳게 다
물고는 식은땀을 흘렸다. 어릴 때부터 종원은 참 착한 아이
였는데, 나쁜 물이 들지 않고 그대로 자라주어서 참 다행이
라는 생각이 문득 들었다. 나는 부드러운 말투로 말을 이었
다.

"종원아, 사람들이 나를 보면 한 명도 빠짐없이 "어떠냐?"
라고 물어본단다. 나는 아직도 그 말이 참 어색하게 느껴진
다. 뭐가 어떠냐는 거야? 죽을 준비가 됐냐는 말인가? 나도
잘 모르겠어. 머리가 백발이 되도록 인생을 살아봤지만, 죽
어본 적이 없어서 모르겠다 이 말이야. 그래서 나도 이 죽음
을 어떻게 준비해야 할지 사실 모르겠단다. 그나마 이 머리
로 생각해 낸 것은 이 보험이라는 거야."
"보험…이요?"

종원은 내 말에 귀를 기울이고 있다가 의아한 표정으로 물었다. 나는 말을 너무 길게 한 탓에 숨이 차, 잠시 숨을 고르곤 다시 말을 이었다.

"그래, 보험. 내가 죽어서 행복하든 슬프든, 또는 아무런 감정도 못 느끼든, 죽고 나서도 내가 이만큼 해놨으니 내 자식은 편하게 살 수 있다는 그런 생각은 할 수 있잖니. 그게 보험이란 말이지."

나는 의자에 좀 더 몸을 기대고는 창밖을 보며 중얼거리듯 말했다.

"근데, 나도 아직 죽음은 겪어보질 못해서 모르겠구나…."

술기운이 올라온 탓인지 서서히 눈이 감겨왔다. 기댄 의자는 마치 엄마의 품 같이 느껴졌고, 요란한 엔진 소리는 자장가처럼 들려왔다. 나는 그대로 눈을 감고 나를 삼키려는 잠을 그대로 맞이했다.

"아저씨, 도착했어요."

종원의 목소리에 눈을 떠보니, 해는 저물어있었고 창문 밖
으로 우리 집이 눈에 들어왔다. 영식은 아직까지 자고 있었
고, 나는 덜 깬 잠을 이기려고 고개를 이리저리 흔들며 차에
서 내렸다. 비틀대며 발을 땅에 대니, 종원이 차에서 나와 집
안까지 부축해주었다. 간신히 방에 도착한 나는 종원에게 고
맙다며 미소를 지어 보였다. 종원은 오히려 자신이 고맙다며
허리를 굽히며 인사했다. 뒤돌아 차로 향하는 종원의 모습
을 보니 문득 아들의 모습이 스치듯 떠올랐다. 아들이 보고
싶다는 생각이 들어 내일은 전화나 해봐야겠다고 마음을 먹
었다. 그렇게 기분 좋은 하루를 끝마치고 이부자리 위에 몸
을 뉘였다. 오늘도 밤잠은 자지 못할 것이라는 예상과는 다
르게 나는 불을 끄고 5분도 채 되지 않아 잠들어버렸다. 잠
들기 전 이게 웬 행복이냐 싶어 기분이 아주 좋았던 것 같
다. 그리고 그 날부터 내 몸의 퍼져있는 암의 활동이 시작되

었다.

다음 날, 나는 견딜 수 없는 복통에 눈을 떴다. 곧장 약을 찾아 입에 넣었지만, 통증은 조금도 가라앉을 생각을 안 했다. 결국 나는 방 안에다가 신물을 한가득 토해내고서야 죽어가는 목소리로 아들에게 전화를 했다. 전화를 받은 성주는 해도 뜨지 않은 시간인데도 불구하고 차를 끌고 부리나케 집으로 찾아왔다. 성주는 바닥에 거의 실신해있는 나를 보자, 어찌할 바를 몰라 몸을 동동 굴렀다.

"아버지, 아버지. 왜 그래요, 예? 아버지."

한참 정신을 못 차리던 성주는 이러고 있으면 안 되겠다는 생각이 들었는지 나를 업고는 곧바로 차로 달려갔다. 몸이 흔들리는 바람에 성주의 옷 위에 토사물을 한가득 뱉었지만, 성주는 전혀 신경 쓰지 않았다. 나를 옆 좌석에 앉힌 채 성주가 다급하게 운전대를 잡았다. 무슨 일이 생기면 성급해지는 성주에게 늘 하던 말이 있었다. "마음은 느긋하게,

행동은 빠르게"라는 말이었다. 성주는 내 말을 떠올리기라도 한 듯 숨을 깊게 두어 번 쉬더니 그제야 시동을 걸었다. 성주는 최대한 침착한 모습으로 나를 안심시키듯 말했다.

"아버지, 괜찮아요. 걱정 마세요. 금방 도착할 거예요. 알겠죠? 아버지, 정신 놓으시면 안 돼요."

정신은 괜찮았지만, 몸에 힘이 전혀 들어가질 않아 도저히 대답을 할 수가 없었다. 계속해서 내 모습을 살피는 성주가 걱정이 되어 온 힘을 쥐어짜 간신히 고개를 끄덕였을 뿐이었다. 성주의 말대로 버텨야 했다. 박준수 교수는 내게 한 번 쓰러지면 일어나지 못할 거라고 했다. 그 말대로 이대로 정신을 놓아버리면 다시는 깨어나지 못할지도 몰랐다. 몸은 만신창이가 되었고 입을 닫을 수조차 없어서 침이 계속해서 밑으로 흘러 시트를 더럽혔다. 얼마 지나지 않아 벌써 병원에 도착했는지, 성주가 차에서 내려 급하게 소리쳤다.

"여기요! 제발, 도와주세요. 아버지가 쓰러지셨어요."

그 소리를 들은 의사들이 곧장 와서 나를 들것으로 옮겼다. 들것은 계속해서 덜컹거리고, 하늘과 천장은 마치 달리는 차 안처럼(어쩌면 그보다도 더) 빠르게 지나가는 것처럼 느껴졌다. 간호사가 나를 보며 무언가 계속해서 물어보는 듯했지만, 눈만 가늘게 뜨고 있는 것 외에는 아무것도 할 수가 없었다. 왜 그런 생각이 들었는지 모르겠지만, 모두에게 폐를 끼쳐 미안하다는 생각이 들었다. 한참을 달려 어딘가 들어왔는지, 하얀 천장이 녹색 천장으로 바뀌어 있었다. 사람들은 나를 구경하듯 쳐다보고 있었고, 그들 역시 초록색 옷을 입고 있었다. 신기한 듯 그들을 보고 있으니, 간호사가 내 입에 무언가를 덮어주었다. 말을 하고 싶은데 입을 닫아버리니, 이제는 아무 말도 하지 못하겠다는 생각이 들었다. 간호사가 가볍게 내 눈을 닫아주자, 나는 그대로 정신을 잃었다. 속으로 '정신을 차려보면, 마치 꿈에서 깬 것처럼 일어나겠지?'하고 생각했다. 그리고 한참이 지났다는 느낌이 들어 눈을 떠보니, 주위에는 온통 검고 붉은 것들만이 가득했다. 고개를 돌려서 주위를 자세히 살펴보자, 검은 하늘과 붉은 바위들이 가득한 곳에 나는 벌거벗은 채 누워 있었다. 이게 어떻게 된 일인가 싶어, 일어나 주변을 둘러보며 앞으로 나아갔다. 몸이 어쩌나 가벼운지, 아무리 달려도 피곤하거나 지치지 않았다. 앞으로 나아가도 보이는 것은 아무것도 없었지만, 몸이 가벼운 그 기분이 너무도 좋아 이대로도 나쁘지 않다는 생각이 들었다. 그때, 어딘가에서 물건들이 떨어지는 소리가 들려왔다. 그 소리는 아주 작은 소리였는데, 마치 하얀 우유 위에 떨어진 파란 페인트처럼 시간이 지날수록 엄청난 굉음으로 번져갔다. 귀가 찢어질 정도로 큰 굉음이 나자, 나는 결국 그게 무엇인지 확인하기 위해 뒤를 돌았다. 그러자, 하늘에서는 별과 같은 하얀 점들이 수없이 추락하고 있었고, 하얀 점이 사라진 칠흑 같은 검은 하늘은 유리처럼 깨지기 시작하더니 바닥으로 떨어졌다. 그 순간 하늘에 태양이 나타나 별처럼 추락하자, 검은 하늘이 붉은 바위들을 덮고 마침내 나마저도 덮어버렸다. 비명을 질렀지만, 정신을 잃진 않았다. 어둠 외에는 아무것도 보이지 않는 그곳에서 아주 희미한 빛이 스며들어왔다. 나는 온 힘을 다해서 그 빛을 따라 달렸고, 마침내 그 빛은 아주 가까워서 세상을 밝혔다.

빛 안으로 몸을 던졌더니, 하얀 천장과 정거운 소음이 들려왔다.

"아버지, 정신이 드세요?"

낯익은 목소리에 눈을 살짝 옆으로 돌려보았다. 성주였다.

"아버지! 저기요, 여기 간호사 좀 불러주세요."

성주가 다급하게 어디론가 가고 나자, 온몸이 무겁고 저리게 느껴졌다. 마치 누군가한테 밤새 얻어맞은 것처럼 살짝만 움직여도 쓰리고 아파 왔다. 간신히 고개를 들었지만, 몸은 일으키기가 힘들었다. 한참 몸을 일으키기 위해 안간힘을 쓰던 중, 사라졌던 성주가 의사와 함께 돌아왔다.

"김충길 씨, 정신이 좀 드세요?"

그의 질문에 나는 온갖 인상을 쓰며 들릴 듯 말 듯한 작은 목소리로 대답했다.

"어떻게…"

"쓰러지셨어요. 통증이 너무 심해서 잠시 쇼크가 온 거니까 일단은 안정 취하시면서 푹 쉬시면 괜찮아지실 겁니다. 지금으로선 그게 최선이니까요. 무리하지 마시고, 힘들면 그냥 누워 계세요. 너무 아프시거나 그러시면 바로 간호사 부르시고요."

의사는 그렇게 말하고는 가볍게 목례를 한 뒤 병실 밖으로 나가 버렸다. 나는 걱정스러운 표정으로 나를 바라보고 있는 성주에게 물었다.

"어떻게 된 거냐?"

성주는 정말 슬픈 얼굴을 하고 있었다. 한 번도 본 적 없는 성주의 모습이었다. 아들은 어렵게 입을 떼고 말했다.

"아침에 갑자기 저한테 전화하셔서 곧장 집으로 갔더니 쓰러져 있으셨어요. 그래서 바로 병원으로 왔죠. 중간에 아버지 심장도 한 번 멈추었던 거 아세요? 간신히 안정 찾아서 지금 쓰러지신 지 일주일 만에 일어나신 거예요."

심장이 멈췄었다는 아들의 말을 듣는 순간 유리창처럼 무너져 내리던 검은 하늘이 영화의 한 장면처럼 머릿속에 스쳐 지나갔다. 한참 동안 꿈속에서 본 그 장면들을 되짚어보고 있으니, 아들이 심각한 표정을 지으며 물었다.

"아버지, 무슨 생각하세요?"

"아, 아니다. 그나저나 너 일은 어떻게 하고?"

"아, 그런 것 좀 걱정하지 마시라니까요. 아버지가 아프신데 일 나오라는 직장이 어디 있어요?"

"알았다."

성주의 언성이 조금 높아졌지만, 그 얼굴이 너무 슬퍼 보여 어떠한 말도 더는 할 수 없었다. 얘기를 들어보니 내가 쓰러진 뒤로 시간이 일주일이나 지나 있었고, 그동안 아들이 오지 못할 땐 며느리가 틈틈이 들러 옆에 있어 줬다고 한다. 이래저래 피해가 되는 것 같아, 그 말을 듣고 한참 마음이 불편했다. 잠에서 깨고, 반나절쯤 지나자 움직이지도 못할 정도로 무거웠던 몸이 조금씩 가벼워짐을 느낄 수 있었다. 해가 저물어가자, 그동안 못했던 식사를 해야 했다. 며칠 동안 아무것도 먹지 못했는데도 배가 조금도 고프지 않았고, 마치 몇 시간 전 식사를 끝낸 사람처럼 속이 든든하게 느껴졌다. 하지만 더 이상 말썽 피우는 노인네가 되긴 싫어, 병원에서 나오는 죽을 꾸역꾸역 입 안으로 들이밀었다. 그렇게 시간이 지나자, 하루하루 몸이 회복되기 시작했다. 입원하고서 이주일쯤 지나자, 소식을 들은 영식이 병원을 찾아왔다.

"어떻게 된 거여?"
"별건 아니야."

영식에게 쓰러진 뒤로 며칠간 일어나지 못했다는 얘기와

꿈에서 봤던 이야기들을 해주었더니, 그의 표정이 심각하게 굳어버렸다. 그를 안심시키기 위해 이제는 완전히 괜찮아졌다고 얘기했지만, 전혀 믿지 않는 눈치였다.

"그래도 다시 깨어나서 천만다행이네."

"그렇지. 근데 내 생각에 다음엔 일어나진 못할 것 같네."

내 말에 갑자기 영식이 병실이 울리도록 큰소리를 쳤다.

"그게 무슨 소리야. 그런 생각 하고 있으면 나을 병도 안 낫겠다, 저런."

이윽고 영식은 헛기침을 한 뒤 나지막한 목소리로 말을 이었다.

"사실 재작년에 종원이 엄마가 암으로 갔어. 저기, 하늘로."

영식의 말에 나는 내 귀를 의심했다. 영식은 한층 더 어두워진 목소리로 말했다.

"종원이 엄마도 맨날 비리비리하게 곧 죽을 사람마냥 있다가 가버렸어."

말을 하는 영식의 목이 메어 오는 것이 느껴졌다. 금방이라도 울음을 터뜨릴 것만 같던 영식은 마음을 가다듬으려는 듯 머리를 한 번 흔들고는 힘 있는 목소리로 내게 말했다.

"아, 그러니까. 그딴 암 좀 걸렸다고 이제 곧 죽을 사람처럼 있지 말자고! 그리고 자네 집, 그거 완성됐어. 아직 마무리 공사가 남긴 했지만 들어와서 볼 수 있다고. 그러니까 꼭 일어나서 집 둘러봐야 해. 이건 건축자에 대한 예의인 거야, 이 사람아. 알았나?"

나는 대답 대신에 고개를 끄덕였다. 영식에게 그런 사정이 있을 거라곤 생각 못했다. 제수씨에 대해 물어보면 늘 대충

얼버무렸던 영식이었다. 그게 기억나자 물어봤던 내 자신이 한심하게 느껴졌다. 그리곤 미안함과 고마움이 밀려와, 그의 앞에서 고개를 들 수가 없었다. 나는 그저 말없이 그의 손을 잡았다. 이 고마움과 미안함은 도저히 말로 표현할 수 없음을 깨달은 것이었다. 늦은 시간까지 내 옆을 지켜주던 영식은 가라는 내 말에도 아랑곳하지 않다가 결국 반드시 집을 보러 가겠다는 약속을 받아내고서야 집으로 돌아갔다. 영식이 돌아가고 홀로 남은 병실에서 나는 혼잣말로 "고맙네, 영식이."를 계속 되뇌었다. 병원에 성주가 온 것은 영식이 다녀가고 일주일이 지난 저녁이었는데, 평소와는 다르게 내가 먼저 성주를 불렀다.

"웬일로 아버지가 먼저 부르셨어요? 오지 말라 그러시더니, 역시 제가 안 오니까 심심하시죠?"

성주가 장난스러운 표정을 지으며 말했다. 부드러운 미소를 지으며 대답했다.

"그래, 오랜만에 맥주나 한잔할까 하고 불렀다."

"예?"

내 말에 성주의 표정이 사뭇 진지해졌다. 살 날이 얼마 남지 않은 암 환자와 맥주를 마신다니, 나였어도 충분히 고민스러웠을 것이다. 잠시 고민하던 성주는 이윽고 무언가 결심한 듯 환한 표정으로 대답했다.

"그래요, 금방 사올게요. 조금만 기다리세요."

성주는 그렇게 말하고는 병실을 나갔다. 사실 성주와 얘기를 나누려고 부른 것은 아니었다. 그저 죽어가는 자의 직감으로, 더 이상 성주와 얘기를 나눌 시간이 없을 것이라는 느낌이 들었다. 죽음이 약간의 호의를 베풀어 내게 마지막 날이라고 귀띔해 준 것이다. 그래서 꼭 오늘이어야만 했다. 몇 분 지나지 않아, 조그마한 검은 봉지를 들고 성주가 다시 병실 안으로 들어왔다. 병실에서 술을 마시다가는 이 근사한 분위기를 망쳐버릴 것 같아, 성주를 데리고 병원 옥상으로 올라갔다. 어느새 추웠던 겨울이 지나고, 따뜻한 바람이 부는 봄이 다가왔기에 밤하늘을 보며 이야기하는 것도 나쁜 선택은 아니었다. 우리는 시원한 맥주 캔을 부딪치고 그대로 그것을 목 안으로 부었다. 오랜만에 느껴보는 톡 쏘는 맛에 절로 감탄사가 나왔다. 성주가 안주로 사 온 육포를 뜯어 건네며 입을 열었다.

"아버지랑 술 마시는 거, 거의 처음이네요."

"그런가? 술은 잘 마시냐?"

"적당히 마셔요. 걱정 마세요."

"그래."

아들과 이런 평범한 대화를 나눈 것이 너무 기뻤다. 하지만 기쁨조차 슬프게 느껴졌다. 그래, 모든 것들이 슬펐다. 성주와 이렇게 술을 마신 적이 없었던 것도 슬펐고, 이렇게 밤하늘이 예쁜 것도 슬펐다. 맥주가 시원한 것이 슬펐고, 병원에 옥상이 있다는 것마저도 슬프게 느껴졌다. 아마도 이 시간이 마지막이라 생각되었기에 그랬으리라. 나는 들고 있던 맥주를 한 모금 마시고는 나지막한 목소리로 말했다.

"성주야."

"예, 아버지."

"고맙다, 내 아들 해줘서."

성주가 예상치 못한 말에 말문이 막힌 듯 행동을 멈췄다. 나는 금방 올라오는 취기 덕에 조금 더 편하게 말을 할 수 있었다.

"네 아빠 하게 해줘서 고맙다. 아빠는 네가 엄마 없는 자식이라고 놀림 받을까 봐, 네가 나를 미워할까 봐 늘 걱정했었다. 그래서 항상 미안했고, 아주 작은 것조차 고마웠다."

성주는 아무런 대답 없이 고개를 떨궜다. 따뜻한 바람이 불어왔다.

"최근 요 몇 달 동안, 인생을 정리하고 또 정리해보니 내 인생은 아무것도 아니었다. 아들인 너 없이는 김충길의 인생이 아니었어. 그렇다고 너를 위해 산 것만은 아니니까, 너무 슬퍼하지는 마라. 우리 같이 살았잖냐. 내 인생은 너를 위해 바친 인생이 아니라, 너와 함께한 인생이었다. 아주 괜찮은 인생이었어. 그래, 썩 마음에 들어."

한참 혼잣말하듯 얘기를 하고 있다가 잠시 말을 멈추니 아들이 흐느껴 울고 있었다. 그 우는 모습이 아직도 내 눈에는 10살짜리 어린 꼬마처럼 보여 가슴이 미어졌다. 나는 목이 메어 더 이상 목소리가 나오지 않을 것만 같았다. 최대한 마음을 진정시키려 남은 맥주를 입에 털어 넣고는 남은 말들을 꺼내기 위해 아들의 이름을 불렀다.

"성주야."

성주가 천천히 고개를 들어 내 얼굴을 쳐다보았다. 성주의 얼굴은 눈물로 범벅이 되어 있었다. '대학교수님이 이렇게 울면 안 되지' 하는 생각에 나는 손바닥으로 아들의 눈물을 닦아주고는 마지막 말을 건넸다.

"이제 혼자서도 잘하니까, 아빠는 좀 쉬러 가야 될 것 같다."

그제야 성주는 억지로 참고 있던 눈물을 터뜨리며 나를 안았다. 그 모습에 나 역시 눈물을 터뜨리며 아들의 등을 쓰다듬었다.

"죄송해요, 아버지. 그동안 너무 못 해드려서 죄송해요. 너무 못난 자식이어서 죄송해요."

성주는 마치 평생 쏟을 눈물을 한 번에 쏟는 것처럼 울어댔다. 내 눈에서도 눈물이 흘러내렸다.

"정말 죄송해요, 아버지. 아버지 없으면 이제 전 어떻게 해요? 여태 사랑한다는 말도 못 해드렸는데, 이제 정말 잘할 수 있는데…."

"괜찮다. 괜찮아, 성주야."

우리는 한참 동안이나 서로를 부둥켜안고 울어댔다. 내 옆의 죽음에게도 이 눈물의 애절함이 조금이라도 느껴진다면 하루만 더, 딱 하루만 더 시간을 달라고 부탁하고 싶었다. 함께 하지 못한 시간이 1분 1초조차 아깝게 느껴졌다. 시간이 원망스럽고, 병에 걸려버린 내 몸도 원망스러웠다. 만약 누군가 내게 소원이 무엇이냐고 물어본다면, 나는 내 병을 고쳐달라고 하지 않을 것이다. 그냥 이대로 시간이 멈춰달라고 하고 싶다. 영원한 1초가 되어 계속 이 시간에 머물게 해달라고, 그렇게 말하고 싶다. 한참 동안이나 눈물을 흘리고 나니, 정신이 다시 들었다. 나는 나를 안고 있는 성주를 떼어내며 말했다.

"춥다, 그렇지? 이제 들어가자꾸나."

성주는 이미 머릿속이 백지장이 되어버린 사람처럼 아무런 말도 하지 못했다. 나는 계속해서 성주의 등을 쓸어주며 천천히 우리의 자리로 내려갔다. 집으로 돌아가는 길을 마중하고 싶었지만, 숨이 차서 아무래도 그건 조금 힘들 것 같았다. 성주는 나를 병실로 데려주고는 무언가 아쉬운 듯 여전히 슬픈 눈으로 병실 안을 서성였다.

"이제 그만 가라, 성주야. 시간이 많이 늦었다."

"예, 가야죠."

성주는 몇 번씩이나 가야 한다는 말만 할 뿐, 좀처럼 발걸음을 옮길 생각을 안 했다. 그 모습을 보고 있다가 나는 문득 그제야 잊어버렸던 물건이 생각났다. 나는 급하게 서랍 안을 열어 앨범을 꺼내 성주에게 건넸다.

"이제 됐다. 어서 가야지."

나의 말에 성주는 결국 앨범을 받아들고는 한없이 슬픈 눈을 한 채 집으로 돌아갔다. 성주를 집으로 돌려보내고, 나는 다시 홀로 옥상으로 올라갔다. 이제 다시는 보지 못할 풍경이니, 마음껏 눈에 담아두고 싶었다. 가능한 한 많이, 가능한 오랫동안. 그렇게 봄바람조차 차가워질 시간이 될 때까지 옥상에서 시간을 보내다 병실로 내려오니, 침대에 뉘인 몸이 어느 때보다도 피곤했다. 눈을 감으면 아주 오랫동안 잠들 수 있을 것만 같았다. 나는 손을 다소곳하게 모은 채 깊게 숨을 들이쉬었다. 그리곤 기분 좋은 미소를 띤 채 혼잣말을 중얼거리곤 두 눈을 천천히 감았다.

"잘 살았다."

서서히 정신은 사라지고, 몸은 차가워지기 시작했다. 나는 눈을 꼭 감았다. 다음 아침이 올 때까지 편히 잘 수 있도록.

그렇게 길었던 밤과 함께 내 인생이 저물었다.